Knaur.

Knaur.

Im Knaur Taschenbuch Verlag sind bereits folgende Bücher der Autorin erschienen:
Verbotener Genuss
Der Mann, der's kann

Über die Autorin:
Erin McCarthy hat sich im Jahr 2002 mit ihrem ersten Roman ihren lebenslangen Traum erfüllt, als Schriftstellerin zu arbeiten. Seitdem hat sie vierundzwanzig Bücher veröffentlicht. Mit ihrem Ehemann und ihren beiden Kindern lebt die Autorin in Ohio.

Erin McCarthy

Ich will mehr von dir!

Erotische Phantasien

Aus dem Amerikanischen
von Tine Mey

Knaur Taschenbuch Verlag

Die amerikanischen Originalausgaben erschienen 2003 unter den Titeln »Press Any Key« und »Hard Drive« in dem Sammelband »Bad Boys Online« bei BRAVA BOOKS, Kensington Publishing Corp., New York, USA.

Gerne empfehlen wir Ihnen weiteren sinnlichen Lesestoff aus unserem Programm. Schreiben Sie einfach mit dem Stichwort LUST an: leidenschaft@droemer-knaur.de

Besuchen Sie uns im Internet:
www.knaur.de

FSC
www.fsc.org
MIX
Papier aus verantwortungsvollen Quellen
FSC® C014496

Deutsche Erstausgabe Februar 2011

Umschlaggestaltung: ZERO Werbeagentur, München
Umschlagabbildung: mauritius images / age
Satz: Adobe InDesign CS3 im Verlag
Druck und Bindung: GGP Media GmbH, Pößneck
Printed in Germany
ISBN 978-3-426-50258-7

2 4 5 3 1

Inhalt

Sweet Candy

1. Kapitel

»Ich kann die Liebe in diesem Raum nicht spüren.«

Jared Kincaid starrte Harold an, der in seiner – für Jareds Geschmack viel zu engen – Lederhose inmitten seines Büros stand und die Hände in die Hüften stemmte.

Was Jared fühlte, war in der Tat keine Liebe, sondern ein hämmernder, ihm den Atem raubender Kopfschmerz. Das sah ihm ähnlich, ausgerechnet bei einer Marketing-Agentur anzufangen, deren Chef im Augenblick eine ausgewachsene Midlife-Crisis durchlebte.

Es hatte vor sechs Wochen begonnen, als Harold seine Frau verlassen hatte. Inzwischen war es so weit gekommen, dass er jeden Morgen in Klamotten in der Firma auftauchte, die an die Garderobe eines schwulen Friseurs erinnerten, der Belegschaft predigte, dass man mit sich selbst eins sein musste, und unglaubliche Mengen an Kichererbsenmus aß.

Da es Jareds erster Impuls war, Harold zu sagen, dass er sich seine Liebe sonst wo hinschieben konnte, entschloss er sich, besser zu schweigen. Mit ein bisschen Glück würde Harold in ein oder zwei Monaten erkennen, dass seine wahre Leidenschaft doch BMW und Anzügen von Armani galt, und sie könnten endlich wieder zur Normalität zurückkehren.

Ein sinnliches Lachen erfüllte den Raum. Jared presste die Kiefer aufeinander.

Dieses Lachen war der perfekte Beweis dafür, warum

Jared zu einer Karriere im mittleren Management und zu einem Leben auf der Flucht vor Ärger verdammt war. Denn der Ärger verfolgte Jared. Überall, wohin er auch ging.

Dieser Ärger hatte für gewöhnlich lange Beine und schöne Brüste.

Der Ärger, dem er im Moment aus dem Wege zu gehen versuchte, hatte beides – und darüber hinaus noch leicht gewelltes blondes Haar, einen Südstaatenakzent und volle kirschrote Lippen, die zu einem allzu verlockenden Schmollmund verzogen waren.

Und dann ihr Name. Wer, zum Teufel, nannte sein Kind Candy Appleton? Hatte ihre Mutter sich für ihr neugeborenes Kind schon eine vielversprechende Zukunft als Pornodarstellerin ausgemalt?

Vermutlich hatte es süß geklungen, als Candy noch ein kleines Mädchen gewesen war, bevor sie Brüste bekommen hatte. Aber jetzt, bei diesem Körper ... Es war einfach *grotesk*.

Candy, die vollkommen entspannt wirkte und in ihrem roten Kostüm verflucht sexy aussah, hatte die Beine übereinandergeschlagen, wippte mit der Fußspitze auf und ab und quälte Jared damit nur noch mehr. Wenn sie das tat, bot sie ihm damit einen Einblick bis fast hinauf ... ins Gelobte Land.

Er war sich sicher, dass sie eine der Frauen war, die Strumpfbänder trugen. Schwarze, grüne. Rote, cremefarbene.

Unruhig rutschte er auf seinem Stuhl hin und her, um die Tatsache zu vertuschen, dass er einen enormen Ständer hatte.

Einen Ständer. Mitten am Tag, mitten im Büro seines Chefs.

Ärger. Schlicht und einfach.

Und jetzt begann der Ärger auch noch zu sprechen. »Harold, ich glaube nicht, dass Jared bereit ist, die Liebe zu fühlen.«

Augenblicklich richtete er sich auf. Was sollte das denn bedeuten? Selbstverständlich konnte er Liebe empfinden, wenn er wollte. Wenn er nur endlich wüsste, worüber, zur Hölle, Harold eigentlich sprach.

Candy warf ihm ein sinnliches Lächeln mit leicht geöffneten Lippen zu. Jedes Mal, wenn er dieses Lächeln sah, verspürte er den dringenden Wunsch, ihre volle Unterlippe in seinen Mund zu nehmen und daran zu saugen. Er krallte seine Fingernägel in seinen Oberschenkel.

Stirnrunzelnd blickte Harold ihn an. »Ist das wahr, Jared? Sind Sie nicht bereit, die Liebe zu spüren?«

Er war bereit, Candys Kurven unter seinen Fingern zu spüren. Zählte das auch? Jared räusperte sich. »Äh, worüber sprechen wir hier gerade genau?«

»Ich spreche darüber, dass wir noch exakt drei Wochen haben, um die Werbekampagne für *Chunk o' Chocolate* fertigzustellen, und dass Sie und Candy bisher kaum etwas dafür getan haben.«

Der Grund dafür war, dass er jedes Mal die Flucht ergriff, wenn Candy in seine Nähe kam. Sie machte ihm Angst. Fünf Jahre harter Arbeit und eine sichere betriebliche Rente hatte er aufgeben müssen, als er gezwungen gewesen war, seinen letzten Arbeitgeber zu verlassen – wegen eines unvorhergesehenen … Zusammenstoßes mit der Privatsekretärin des Chefs im Kopierraum. Damals hatte er allerdings noch nicht gewusst, dass die Sekretärin ebenfalls eine Affäre mit dem Boss hatte.

Arbeit und Sex sollte man strikt trennen. Jared und die Frauen sollte man strikt trennen. Jeder peinliche und unerfreuliche Zwischenfall in seinem Leben konnte auf eine Frau zurückgeführt werden – und auf seine Unfähigkeit, sich in ihrer Gegenwart zusammenzureißen.

An dieser Stelle setzte sein Verstand regelmäßig aus. Oder sein Schwanz übernahm die Kontrolle – ganz wie man es sehen wollte.

Er wollte diese Sache nicht vermasseln. Er wollte nicht mit Candy schlafen, auch wenn er diese verführerischen Lippen unbedingt schmecken wollte.

»Wir können daran arbeiten, wann immer Candy möchte.« Er vermied es, sie anzublicken, und konzentrierte sich stattdessen auf den hellgelb gefärbten Rest von Harolds schwindendem Haupthaar, der oberhalb seiner Stirn prangte. Dieser Fleck erinnerte ein wenig an eine blinkende Warnleuchte.

Warnung: Mann mittleren Alters wird allmählich kahl.

»Vielleicht sollten Sie jemand anders finden, der mit Jared zusammenarbeitet«, sagte Candy. »Ich fürchte, er mag mich nicht besonders.« Ihre Worte klangen bedächtig, kullerten beinahe wie Wassertropfen über seine Haut.

Doch sie irrte sich. Er mochte Candy. Candy war wie … ein Bonbon – süß und verlockend und wie geschaffen für seinen Mund, damit er lecken, saugen und jeden köstlichen Zentimeter schmecken konnte.

Harold klatschte in die Hände und riss Jared damit aus seinen erotischen Phantasien.

»Sehen Sie? Das meine ich! Jared mag Sie nicht, und Sie mögen Jared nicht. Und so etwas kann ich in meiner Firma nicht gebrauchen.«

Candy mochte ihn nicht? Überrascht blickte Jared sie an. Tja, das tat verdammt noch mal weh. Es war okay, wenn *er sie* mied, aber *sie* sollte *ihn* eigentlich nicht meiden.

Schließlich war er liebenswert. Er erwiderte Telefonanrufe und hielt einer Dame die Tür auf. Gut, wenn Candy in der Nähe war, grummelte er für gewöhnlich nur etwas Unverständliches und stürzte auf den nächsten Ausgang zu. Er nahm an, dass sie das eventuell persönlich genommen haben könnte.

Aber was sollte er tun? Ihr sagen, dass es nicht an ihr, sondern an ihren heißen Titten lag, wenn er wie die Katze vor dem Wasser floh? Das würde sicherlich großartig bei ihr ankommen.

»Ich mag Candy«, stieß er hervor und war sich nicht sicher, ob er wissen wollte, worauf Harold überhaupt hinauswollte.

Candy lachte wieder, und ihm fiel mit einem Mal auf, dass seine Wortwahl nicht gerade geschliffen war.

»Lügner«, murmelte sie. »Aber unser Verhältnis sollte keine Auswirkungen auf den Klienten haben.«

»Hat es auch nicht.«

Harold musterte die beiden und sagte: »Mir sind die Spannungen zwischen Ihnen aufgefallen, und das muss aufhören. Es wirkt sich auf den Rest des Teams aus. Und es verändert die harmonischen Schwingungen im Büro. Ich spüre die negative Aura in meiner Firma, und das muss sich ändern.«

Wenn Harold jetzt ein paar Kristalle hervorholte und anfing zu singen, würde Jared sofort aufstehen und gehen.

Nicht, dass er es sich leisten konnte, einfach zu gehen. Wie der Zufall es wollte, hatte er sich eine teure Eigentumswohnung gekauft, kurz bevor er seinen letzten Job verloren hatte. Drei Monate lang auf der Suche nach einem neuen Job Klinken zu putzen hatte ein Loch in sein Portemonnaie gerissen. Wenn er in dieser Situation noch einmal arbeitslos wurde, würde seine Bank ihm den Kredit kündigen, und er könnte zukünftig in seinem Auto wohnen und sich von Makkaroni mit Käse ernähren.

»Negative Schwingungen sind wirklich das Letzte, was wir brauchen.« Mit Nachdruck stellte Candy beide Füße auf den Boden und lächelte Harold an.

Jared wurde stutzig. Sie sah sonst nicht aus, als wäre sie ein besonders sarkastischer Mensch, doch im Augenblick kam es ihm so vor, als wäre sie es. Sie war intelligent und brillant in ihrem Job, auch wenn ihr Verstand im Körper einer Stripperin gefangen war.

Er hatte das Gefühl, dass Candy – wenn man sie ließ – alle Kollegen ausstechen konnte. Und eines war sicher: Ihr Weg an die Spitze des Unternehmens wäre gepflastert mit einer Reihe sabbernder Männer.

Vielleicht würde er ja, wenn sie die Karriereleiter erklomm, einen Blick unter ihren Rock erhaschen …

O Gott, es war hoffnungslos mit ihm.

»Also ist Candy bereit, an Ihrer Beziehung zu arbeiten, um die Situation zu verbessern. Was ist mit Ihnen, Jared? Habe ich Ihr Wort, dass Sie Ihr Herz für ein unbelastetes Miteinander öffnen?«

Sicher. Warum nicht. Er *musste* ja sagen. Ihm blieb gar nichts anderes übrig. Harold war sein Boss, und egal, wie verrückt dieser Mann sich benahm – er hatte noch immer das Sagen. Außerdem mochte Jared Makkaroni mit Käse nicht besonders. Und so zwang er sich dazu zu erwidern: »Sie haben mein Wort, Harold.«

Harold strahlte. »Gestern hatte ich eine sehr gute Idee. Sie wird Ihnen gefallen. Es gibt ganz offensichtlich etwas, das Sie und Candy bremst – ein Konflikt oder Ähnliches, der gelöst werden muss.« Versonnen legte Harold einen Finger an seine Lippen. »Möglicherweise hat es mit einem Vertrauensbruch in einem früheren Leben zu tun. Ich bin mir nicht sicher.«

Entnervt presste Jared seine Hände gegen seine Schläfen. Falls er schon einmal gelebt hatte, musste er in diesem früheren Leben etwas wirklich Beschissenes getan haben, um in seinem jetzigen eine derartige Strafe verdient zu haben.

»An was denken Sie?« Candy beugte sich vor und lenkte Harolds Aufmerksamkeit auf sich.

»Ich habe Sie beide zu einer Paarberatung im Internet angemeldet.«

Das Pochen in Jareds Kopf wurde so heftig, dass er hätte schwören können, für einen Moment blind zu sein.

»Oh!« Candy räusperte sich. »Tja, das klingt nach einer großartigen Idee.«

Es war keine großartige Idee. Es war eine dumme, idiotische Idee für die Tonne, die sich sein Chef ausgedacht hatte, weil er aufgrund von beginnendem Haarausfall vorübergehend den Verstand verloren hatte.

»Wir sind kein Paar, Harold. Wir brauchen keine Paartherapie.« Jared zupfte am Bein seiner schwarzen Anzughose und versuchte, nicht in Panik auszubrechen.

Er wollte nicht, dass ihm irgendein selbsternannter Internet-Psychologe erzählte, dass er auf seine Mutter stand, oder ihm sonst irgendeinen kranken Unsinn unterstellte.

»Doch, das brauchen Sie. Zwischen Ihnen bestehen ganz offensichtlich ungeklärte Konflikte – vielleicht ein Autoritätsproblem, das Sie, mein lieber Jared, auch schon in einem früheren Leben hatten. Ich möchte, dass dieses Problem gelöst wird, bevor wir *Chunk o' Chocolate* dadurch als Kunden verlieren.« Harold deutete auf den Computer, der auf seinem riesigen männlichen Schreibtisch aus Kirschbaumholz stand. »Sie sind schon eingeschrieben, es kann also sofort losgehen. Es ist eine dreistündige Sitzung. Sie werden mein Büro nicht verlassen, bis Sie die Therapiesitzung beendet haben und mir die ausgedruckte Bescheinigung aushändigen, in der steht, dass Sie den Kurs auch wirklich abgeschlossen haben.«

Jared konnte nicht atmen. O Gott, Harold wollte ihn für drei Stunden mit Candy in seinem vornehmen Eckbüro einschließen? Allein? Damit sie sich gemeinsam durch eine gefühlsduselige Therapiesitzung arbeiteten?

Vielleicht könnte er ja einen spontanen Fieberanfall vortäuschen. Oder stolpern und sich an der Ecke von Harolds Schreibtisch ein Auge ausstechen.

Ärger. Hatte er es nicht gleich gewusst?

Interessiert beobachtete Candy die entsetzte Miene von Jared Kincaid. Er mochte sie augenscheinlich wirklich nicht.

Sie hatte ihre Witzchen darüber gemacht, doch allmählich fing es an, sie zu stören. Jeder mochte sie, besonders die Männer. Sie war ein Männerschwarm und hatte schon immer gewusst, was ein Lächeln von ihr auslösen konnte oder wie sie besonders wirkungsvoll ihr Haar über die Schulter warf. Diese Fähigkeiten lagen ihr im Blut und waren in ihrer Familie von Frau zu Frau weitergegeben worden. Statt dagegen anzukämpfen, hatte sie gelernt, sie anzunehmen und einzusetzen.

Candy war stolz auf ihre Weiblichkeit. Doch noch stolzer war sie auf ihren Verstand. Nur weil sie klug war, hieß das aber noch lange nicht, dass sie verleugnen wollte, eine Frau zu sein. Sie liebte High Heels und weich fallende, verführerische Kleider, wenn die Situation es erlaubte, und sie genoss das sorglose Flirten und die Spielchen zwischen Männern und Frauen.

Sie flirtete gern, und sie war gut darin. Candy wusste jedoch, dass sie alles andere als ein Flittchen war – immerhin hatte sie mit ihren siebenundzwanzig Jahren nur mit zwei Männern geschlafen. Und sie war auch keine Frau, die die Männer erst heißmachte und dann fallen ließ – wie ihr Ex-Mann es ihr vorgeworfen hatte. Soweit sie wusste, durfte der Mann eine solche Frau berühren, wurde im entscheidenden Moment aber eiskalt abgewiesen: Dieser Typ Frau versprach dem Mann Sex und lachte ihm dann ins Gesicht.

Das waren hinterlistige, falsche Spielchen, an denen sie nicht interessiert war. Doch einem Lächeln und einer netten Unterhaltung konnte sie nicht widerstehen. Und die Männer sprangen darauf an.

Alle Männer – bis auf Jared.

Allmählich fing sie an, es persönlich zu nehmen.

Jared räusperte sich. »Ich glaube nicht, dass ich das tun kann, Harold«, sagte er kühl. »Ich sehe auch den Sinn dieser Übung nicht.«

Autsch. Vermutlich war das nicht die cleverste Antwort, die Jared hatte geben können. Candy wartete ab und beobachtete, wie Harolds Gesicht, das rund wie eine Bowlingkugel war, einen unschönen Rotton annahm.

»Ich denke schon, dass es sinnvoll ist. Und das ist alles,

was zählt. Machen Sie mich nicht wütend, Jared. Hier bei *Stratford Marketing* geht es vor allem um die Liebe.«

Jareds Kinn zuckte. Candy presste die Lippen aufeinander, um nicht laut loszuprusten.

Sie glaubte nicht, dass es Jared vor allem um die Liebe ging. Wie sie ihn einschätzte, ging es Jared vor allem darum, seinen Job zu erledigen und dann so schnell wie möglich aus dem Büro zu kommen. Er freundete sich mit niemandem aus dem Team an, und zu ihr war er ausgesprochen kühl.

Es war Beherrschtheit – rauhe, unruhige, dominierende Beherrschtheit –, die in seinen schwarzen Augen aufflackerte und die sich auch in seiner unnachgiebigen Haltung zeigte, wann immer sie aufeinandertrafen.

Das faszinierte sie an ihm.

Und außerdem sah er umwerfend aus.

Es brauchte viel, um Candys ehrliches Interesse zu wecken. Für gewöhnlich schmissen die Männer sich ihr regelrecht an den Hals – allerdings meist mit heraushängender Zunge und niemals, ohne sich vollkommen lächerlich zu machen. Vielleicht zog Jared deshalb ihre Aufmerksamkeit immer und immer wieder auf sich.

Wenn er sie anblickte, hatte sie das Gefühl zu brennen – genau zwischen ihren Schenkeln, an der richtigen Stelle.

Doch er wandte seinen Blick jedes Mal wieder desinteressiert von ihr ab. Und er lächelte nie.

Während sie meist so wirkte, als hätte eine frische Brise sie gerade in den Raum geweht, sah Jared in seinem schwarzen Anzug mit dem feinen blauen Hemd und der Krawatte stets tadellos aus. Sein schwarzes Haar war immer gleich perfekt frisiert, kurz und glatt und mit Gel vorn ein bisschen aufgestellt.

Jared starrte Harold an. »Wollen Sie damit sagen, dass ich das hier tun muss?«

Harold – Gott segne sein verwirrtes und fehlgeleitetes Herz – presste zwischen zusammengebissenen Zähnen hervor: »Ja, genau das will ich damit sagen.«

Candy war auch nicht gerade begeistert von der Idee, Fragen zu vorherigen Leben oder intimen Details zu beantworten, aber sie freute sich auf die drei Stunden, die sie allein mit Jared verbringen konnte.

Ganz bestimmt würde es ihr in diesen drei Stunden gelingen, ihn zum Lächeln zu bringen.

Oder zum Stöhnen.

O Himmel, woher kam denn dieser Gedanke? Entsetzt über sich selbst, rutschte sie auf ihrem Stuhl herum und drückte die Schenkel zusammen. Zwischen ihren Beinen war genug Feuer, genug Energie, um die Chicagoer Skyline drei Tage und Nächte lang zu beleuchten.

Oder um Harolds Büro drei Stunden lang zum Kochen zu bringen.

»Gut.« Jared wandte den Blick von Harold ab, lehnte sich auf seinem Stuhl zurück und öffnete die Knöpfe seiner Anzugjacke. Die Wut, die sich auf seinem Gesicht widerspiegelte, strafte seine lässige Haltung Lügen.

Candy lächelte. »Was für eine großartige Idee, Harold. Jared und ich werden bestimmt viel Spaß dabei haben, uns näher kennenzulernen.«

Und das auf mehr als eine Art, wenn es nach ihr ging.

Harold nickte. »Das dachte ich mir auch. Hier.« Er drehte seinen Laptop um, so dass sie einen Blick auf den Monitor werfen konnten. »Es ist alles vorbereitet, damit Sie gleich loslegen können. Ich sehe Sie dann in drei Stunden.«

»Okay.« Sie winkte Harold zu, als er zur Tür ging.

Harold hielt noch einmal inne. »Seien Sie nett zueinander.«

»Ich bin immer nett«, erwiderte Jared mit einer festen, tiefen Stimme, die Candy erschauern ließ.

Wie nett er zu ihr sein durfte, würde sie ihm schon bald zeigen …

Candy wusste, dass sie sich eigentlich schämen sollte, so zu denken. Doch noch nie hatte sie eine lockere Affäre gehabt. Und noch nie hatte ein Mann auch nur einen Gedanken daran verschwendet, sich zu überlegen, wie er sie befriedigen konnte. Sie hatten sie einfach nur gesehen und gewollt. Keiner hatte sich je darum geschert, was *sie* wollte.

Seit dem Tag vor zwei Monaten, als Jared in die Firma gekommen war, hatte sie ihn beobachtet, sich gewünscht und vorgestellt, dass er anders wäre.

Jared machte sie verrückt, weckte in ihr Sehnsucht und ein beinahe verzweifeltes Verlangen – und wenn dieses Verlangen nicht bald gestillt wurde, würde sie sich bestimmt bald vor Lust an ihrem Schreibtisch reiben. Wäre es denn so falsch, sich mal etwas zu gönnen?

Wenn es ihr gelänge, Jareds mysteriöse Schutzmauer zu durchbrechen, würde sie vermutlich feststellen, dass er wie jeder andere Kerl war – ständig auf der Suche nach jemandem, um seine Lust zu befriedigen. Ihre drängende Begierde würde sich ganz einfach in Luft auflösen. Und dann könnten sie sich endlich wieder der Werbekampagne für *Chunk o' Chocolate* widmen, und sie selbst müsste sich nicht mehr ständig auf die Frage konzentrieren, wie sein Oberkörper wohl nackt aussähe.

»Ich bin auch nett«, versicherte Candy Harold, als er ihnen beiden einen skeptischen Blick zuwarf.

Schließlich schloss er die Tür hinter sich, und sie waren allein.

Jared tat nichts. Er saß auf seinem Stuhl, ohne auch nur mit der Wimper zu zucken, und starrte aus dem Fenster.

»Kein Grund zu schmollen, Jared.« Sie erhob sich, beugte sich über Harolds Schreibtisch und zog den Laptop zu sich heran. »Lassen Sie uns anfangen.«

Wenn sie sich ihrer eigenen Sexualität und Ausstrahlung als Frau nicht bewusst gewesen wäre, so wäre ihr nicht aufgefallen, dass sie mit ihrem Po verführerisch vor Jared hin und her wackelte. Aber sie war sich ihres Körpers sehr wohl bewusst, und selbstverständlich war ihr klar, dass sie ihm sehr viel von ihren langen schlanken Beinen zeigte, wenn sie sich vornüberbeugte. Und dass dabei ihr Po, an den sich aufreizend ihr Rock schmiegte, verlockend herausgestreckt wurde. Außerdem hatte sie längst erkannt, dass sie sich auf die Handfläche stützen, die Ellbogen ein wenig beugen und ein Knie leicht anwinkeln musste, um die Aussicht noch reizvoller zu machen.

Candy wusste, wie man die Aufmerksamkeit eines Mannes auf sich lenkte. Sie wusste nur nicht, wie sie die Aufmerksamkeit, wenn sie sie einmal hatte, längerfristig fesseln sollte. Jared, der eine so strikte Selbstkontrolle zur Schau stellte, sah aus, als würde er eine Frau nicht eher verlassen, bis er sie glücklich gemacht hatte. Sie nahm an, dass sein Stolz es ihm so diktierte. Und ja, sie war bereit, sich glücklich machen zu lassen. Sie wollte eine Reaktion von ihm – irgendeine Reaktion.

»Scheiße«, flüsterte Jared wütend.

Das war zumindest ein Anfang.

Ohne den Blick vom Computerbildschirm zu wenden, lächelte Candy. »Hm? Haben Sie etwas gesagt?«

Er erhob seine Stimme. »Ich sagte: Scheiße. Ich kann nicht glauben, dass ich Harold damit durchkommen lasse.«

Candy las gerade den Titel der Beratungsseite, die auf dem Monitor stand: »›Die Wiederentdeckung der Harmonie: Ein intimer Schritt-für-Schritt-Kurs für gefährdete Paare.‹«

Jared schnaubte verächtlich.

»Als Erstes müssen wir unsere Namen eintragen.« Sie begann zu tippen und bemerkte, dass Jared aufstand und sich neben sie stellte.

»Sie werden das doch nicht wirklich tun, oder?«, fragte er ungläubig.

Sie spürte seine Präsenz, nahm seinen berauschenden männlichen Duft nach Aftershave und nach Kaffee wahr.

»Meinem Job zuliebe kann ich Harolds alberne kleine Beratung schon über mich ergehen lassen.« Sie schob sich das Haar aus den Augen. »Ich habe nichts zu verbergen. Und es ist ja nicht so, als würde es irgendetwas bedeuten.«

»Das stimmt.«

Es schien, als steckte in diesen beiden Worten unglaublich viel Bedeutung. Sie entfernte sich leicht von ihm. Ihre Wangen glühten. Als er sich vorbeugte, um den Text auf dem Bildschirm zu lesen, streifte seine Anzugjacke ihre Hüfte.

»Ist Candy tatsächlich Ihr richtiger Name?«

Es war das erste Mal, dass Jared überhaupt irgendein Interesse an ihr zeigte, und sie merkte, wie ihre Selbstsicherheit ein wenig ins Wanken geriet. Möglicherweise war Jared eine Nummer zu groß für sie, möglicherweise würde sie nicht allein mit ihm fertig werden. Aber sie würde es nie herausfinden, wenn sie es nicht wenigstens versuchte.

»Ja. Es ist nicht die Kurzform von Candace oder so.«

Er murmelte etwas Unverständliches.

Sie tippte JARED KINCAID in das leere Feld für den Namen des Partners. »Wie lautet Ihr zweiter Vorname?«

»Lassen Sie ihn einfach weg.«

Stattdessen gab sie HOOVER ein und lächelte ihm zu. »Bin ich damit nah dran?«

»Nein.« Er verzog keine Miene. »Lassen Sie uns mit den Fragen beginnen.«

Candy nickte. Sie war selbst schon ganz gespannt. Sie wollte sehen, wie weit Jared zu gehen bereit war.

2. Kapitel

Jared wartete darauf, dass Candy die zweite Frage anklickte. Sie mussten diese alberne Online-Beratung so schnell wie nur irgend möglich hinter sich bringen – bevor er sie noch packte, sie auf den Schreibtisch warf und es mit seiner Selbstbeherrschung endgültig dahin war, wenn er sie zum ersten Mal schmeckte.

Wenn sie sich beeilten, die Fragen zu beantworten, könnte er in einer Stunde fertig sein, in den Pausenraum rennen und sich eine Ladung Eiswürfel in die Hose kippen. Das war seine einzige Hoffnung.

Das alles war Harolds Schuld. Oder Candys, weil sie die Nerven besaß, mit einem süßen kleinen Po wie ihrem durch die Gegend zu laufen. Er konnte auch Jessie dafür verantwortlich machen, weil sie der Grund dafür war, dass er seinen letzten Job verloren hatte. Oder vielleicht war auch er selbst schuld, weil er bisher nicht klug genug gewesen war, zu heiraten und normalen, regelmäßigen Sex zu genießen.

Möglicherweise war er aber auch nur ein liebeskranker Idiot.

Mit einer Schwäche für Frauen mit Schmollmund und Rehaugen.

Candy beugte sich wieder über den Schreibtisch. »Okay, einen Moment Geduld noch.«

Jared presste die Kiefer aufeinander.

Candys Lippen bewegten sich, als sie stumm die Frage las.

»Und?« Er wartete darauf, dass sie ihm mitteilte, welche peinlichen persönlichen Details sie nun offenbaren mussten.

»Es ist gar nicht so schlimm, Jared. Ich glaube, der Test soll den Paaren nur vor Augen führen, wie wenig sie im Grunde genommen wirklich voneinander wissen. Und die Partner sollen ihr Interesse aneinander wiederentdecken.«

Wie auch immer. Jared setzte sich wieder auf seinen Stuhl, damit Candys Schenkel nicht mehr seinen Arm berührte. »Also, was wollen sie wissen?«, knurrte er.

»In Frage Nummer zwei geht es darum, woher Sie kommen. Sie wissen schon: Wo Sie geboren und aufgewachsen sind.«

Candy hatte recht. Es war tatsächlich nicht so schlimm, wie er es sich vorgestellt hatte. Und wenn Harold ihn dafür bezahlte, darüber zu sprechen, wie es war, in Skokie aufzuwachsen, war das für ihn in Ordnung.

Mit einem Lächeln auf den Lippen blickte sie ihn an, die langen Beine noch immer durchgedrückt und mit den Ellbogen auf den Schreibtisch gestützt. »Raten Sie mal, wo ich geboren wurde.«

Er stellte sich vor, wie sie durch ein mit Weidenmöbeln ausgestattetes Schlafzimmer mit Holzjalousien an den Fenstern ging, nichts als ein Hemdchen aus Seide und ein winziges Höschen trug und in einen Pfirsich biss. Gott, seit wann hatte er eine so lebhafte Phantasie? Und warum kam in seinen Tagträumen Candy in Unterwäsche vor? »Georgia.«

Sie schnaubte verächtlich. »Nein, total falsch. Tennessee.«

Oh, da gab es einen Unterschied? »Tut mir leid, ich bin nicht gerade ein Experte, was Südstaatendialekte angeht.«

Ihre kleine rosige Zungenspitze wurde sichtbar, als sie

sich damit über die Unterlippe fuhr. Diese wunderbare, volle Unterlippe. Die Unterlippe, die geradezu danach schrie, dass er an ihr knabberte. Jared rutschte unruhig auf seinem Stuhl hin und her und fragte sich, ob es möglich war, eine Erektion drei Stunden lang aufrechtzuerhalten – mit nichts als ein paar schmutzigen Gedanken.

»Sie sind ein Yankee durch und durch, habe ich recht?«

Aus ihrem Mund klang es so, als wäre es nur unwesentlich angenehmer als eine Ameisenplage in ihrer Küche.

»Ich wohne schon mein ganzes Leben in Chicago.«

»Brüder und Schwestern?« Candy sah gar nicht auf den Computermonitor, sondern stützte sich lässig auf den Schreibtisch und blickte ihn neugierig an, während ein kleines Lächeln ihre Mundwinkel umspielte.

Es gab für ihn also keinen Grund, diese Frage zu beantworten. Er sollte besser vorschlagen, dass sie mit diesem verdammten Quiz fortfuhren. Doch stattdessen erwischte er sich dabei, wie er sagte: »Drei ältere Brüder und eine kleine Schwester. Meine Eltern waren offensichtlich verrückt.«

Lachend warf sie den Kopf in den Nacken, und ihre zarten blonden Locken hüpften auf ihrem Rücken auf und ab. »Ihre Mutter muss Kinder geliebt haben, das ist vermutlich alles.«

Er versuchte, ein Lächeln zu unterdrücken, doch es gelang ihm nicht. »Ich bin mir nicht sicher, ob sie tatsächlich so empfunden hat. Sie hat uns immer gesagt, dass sie bestimmt einen Platz im Himmel bekommen würde: Gott würde einer Frau, die mit solchen Kindern wie uns geschlagen sei, ganz sicher nicht den Zutritt zum Paradies verwehren.«

Candy lachte.

»Waren Sie denn ein böser Junge, Jared?« Ihre Stimme klang seltsam rauh, und ihr Lachen war verschwunden, auch wenn ihre Augen noch immer vergnügt funkelten.

Einen winzigen Moment lang glaubte er, sie würde mit ihm flirten. Und er gab seine Antwort, ohne großartig darüber nachzudenken. »O ja. Ich war sehr, sehr böse.«

Sie blickte ihn mit großen Augen an. Das breite Lächeln kehrte zurück.

Scheiße. Sie flirtete wirklich mit ihm. Und er erwiderte ihre Flirtversuche.

Bevor sie etwas sagen konnte, das er bereuen würde, ergriff er schnell das Wort und fragte in einem – wie er hoffte – lockeren, unschuldigen und alles andere als anzüglichen Tonfall: »Was ist mit Ihnen? Irgendwelche Brüder oder Schwestern unten in Tennessee?«

Es entstand eine kleine Pause, bevor sie sagte: »Ich habe eine jüngere Schwester.«

Jared versuchte, sich eine Frau vorzustellen, die aussah wie Candy, doch es gelang ihm nicht. Candy war einzigartig. Himmlisch.

»Und wie ist ihr Name? Taffy?« Ihm fiel beinahe augenblicklich auf, dass er unhöflicher geklungen hatte, als es eigentlich sein Plan gewesen war.

Aber Candy lachte nur. »Tatsächlich ist ihr Name Margaret, und sie studiert Cello an der *Julliard School für Tanz, Theater und Musik.*«

»Sie scherzen.« *Margaret?*

Vor Jareds innerem Auge tauchte das Bild von Candy auf, die mit einem Cello zwischen den Beinen auf einem Stuhl saß. Irgendwie fiel es ihm schwer, das Bild heraufzubeschwören, auch wenn er neidisch auf das imaginäre Cello war, das den begehrten Platz zwischen Candys Beinen einnahm. Aber Candy und ein Orchesterinstrument passten für ihn einfach nicht zusammen – sosehr er sich auch bemühte, das Bild erotisch aufzuladen.

Doch er konnte Candy vor seinem geistigen Auge sehen, wie sie mit einem verständnisvollen Lächeln auf den Lippen einen ganzen Raum voller Werbekunden vollkommen im Griff hatte. *Verdammt.* Klug *und* sexy – das war eine gefährliche Kombination.

»Nein, ich scherze nicht.« Candy zog eine Haarsträhne aus ihrem Mund, das eine Bein noch immer durchgestreckt, das andere leicht angewinkelt, so dass sie ihre Hüfte aufreizend vorschob.

Außerdem bewirkte diese Haltung, dass ihr Rock an einer Seite ein paar Zentimeter hochrutschte und Jared mehr zeigte, als er sehen musste. Nicht, dass er sich beklagte. Es brachte seine Selbstbeherrschung allerdings noch ein Stückchen weiter dem Ende entgegen.

»Margaret und ich haben unterschiedliche Väter. Meine Mutter sagte, dass mein Vater ihre große Liebe war – eine kurze, leidenschaftliche Affäre, nach der er ihr das Herz gebrochen hat. Sie blieb allein zurück. Das alles geschah vor meiner Geburt.«

Candy zuckte die Schultern. »Er verließ sie für eine andere Frau, als er herausfand, dass sie schwanger war. Also heiratete sie zwei Jahre später Margarets Dad, weil sie glaubte, dass er bei ihr bleiben und sich um sie kümmern würde.«

Mühsam löste Jared seinen Blick von Candys Schenkeln. Als er sie so anzüglich musterte, kam er sich mit einem Mal nicht viel besser vor als der Herzensbrecher, der ihre Mutter verlassen hatte. Er sah ihr also ins Gesicht und schwor sich, seinen Blick nicht mehr über ihren Körper gleiten zu lassen. »Und? Ist er geblieben?«

»Ja. Sie sind noch immer verheiratet und sehr glücklich miteinander. Sie lieben sich wirklich, und er hat mich nie anders behandelt als Margaret, obwohl ich nicht sein leibliches Kind bin.«

Sie lächelte, und Jared war erstaunt darüber, dass sie nicht bitter klang. »Er hat mich adoptiert. Seitdem trage ich seinen Namen – *Appleton.* Ich war damals drei Jahre alt, also war es schon zu spät, um meinen Vornamen noch zu ändern. Und deshalb heiße ich eben Candy Appleton.«

Sie richtete sich auf. Ihre Beine wirkten endlos, als sie sich streckte, ihre Arme über den Kopf nahm und sich in ihren High Heels auf die Zehenspitzen stellte. Ihre Bluse zog und spannte sich, als wollte sie aus dem Bündchen ihres Rockes schlüpfen, und schmiegte sich aufreizend an ihre Brüste. Ihre Jacke wurde nur von einem einzelnen Knopf zusammengehalten, der mit dieser Aufgabe ziemlich überfordert zu sein schien. Jared sah mit düsterer Faszination zu.

Er wartete darauf, dass die Jacke nachgeben würde. Dass der Knopf abspringen, die Bluse aus dem Rock rutschen, dass er einen Blick auf die cremefarbene Haut um ihren Nabel erhaschen würde, während sie ihm auf ihren High Heels wankend ausgeliefert wäre.

Dann würde er sich auf die Stelle konzentrieren, die in seiner Phantasie für das Cello vorgesehen gewesen war, und ihren Rock hochschieben.

Jared ging im Kopf durch, wie viel Geld sich noch als Rücklage für den Notfall auf seinem Girokonto befand, und fügte sich in sein Schicksal.

3. Kapitel

Candy hoffte inständig, dass sie wusste, was sie gerade tat. Jared sah aus, als könnte er ein paar Nägel in den Mund nehmen und sie mit der Zunge zu Knoten formen. Sie konnte nicht genau sagen, ob er scharf war, wütend oder beides.

Und was hatte sie bloß geritten, ohne nachzudenken von ihrer Mutter und ihrem Stiefvater zu erzählen? Nicht, dass sie die Spur einer Ahnung hatte, wie eine lockere Affäre funktionierte, aber sie nahm an, dass man sie nicht damit begann, über die Familie zu sprechen.

Noch fünf Minuten länger, und sie hätte vermutlich die Fotos vom letzten Weihnachtsfest und ihrer Katze mit der Nikolausmütze auf dem Kopf herausgekramt.

Sie hatte sich gestreckt, um ihre Beine zu lockern, die vom langen über den Schreibtisch gebeugten Stehen ganz steif gewesen waren. Jetzt hielt sie inne, nahm die Arme wieder herunter und nagte an ihrer Unterlippe, als würde sie über ihren nächsten Schritt nachdenken. Das alles sollte eigentlich nicht so verdammt schwierig sein. Schon in der Kinderwiege hatte sie mit dem Flirten begonnen – woran ihre Mutter sie beizeiten gern erinnerte. Aber in diesem Moment, in dem sie diese Fähigkeit brauchte, konnte sie nichts anderes tun, als zu lächeln. Und dieses Lächeln fiel nicht einmal besonders überzeugend aus: Es war lahm und hatte offenbar keine Wirkung auf Jared.

Es mussten die Nerven sein. Immerhin stand hier weit mehr auf dem Spiel, als im Restaurant einen freundlichen Kellner und guten Service zu bekommen. Sie hatte sich vorgenommen, Jared dazu zu bringen, sie – noch ehe sie an diesem Tag das Büro verlassen würde – um ein Date zu bitten. Ein Date, das damit enden sollte, dass sie beide nackt waren und Jared seine ganze Aufmerksamkeit und Konzentration auf sie richtete.

Es war an der Zeit, tief durchzuatmen und ein bisschen aufzudrehen.

»Wie lautet die nächste Frage?«, sagte Jared und schlüpfte aus seiner Anzugjacke.

O Himmel ... er hatte so breite Schultern. Sie glaubte nicht, ihn schon einmal ohne Jackett gesehen zu haben, und es war ein Anblick, den man ruhig länger genießen sollte. Und sie genoss ihn so lange, dass er fragend eine Augenbraue hob.

»Die Frage?«

Der Test. Richtig. Es kostete sie unendlich viel Mühe, sich umzudrehen und sich auf den Computerbildschirm zu konzentrieren. Ihre Wangen glühten.

Jared war derjenige, der aufdrehte – und er wusste es nicht einmal.

Nachdem sie schnell die Antworten nach ihrem Geburtsort eingegeben hatte, kam sie zu Frage drei. »Frage drei: ›Beschreiben Sie den Moment, als Sie sich zum ersten Mal begegnet sind.‹«

Das war leicht. Jared war an einem Montagmorgen im Januar in die Firma gekommen, und sie hatte blitzschnell gewusst, dass er derjenige sein würde, der sie aus ihrem sexuellen Dornröschenschlaf wecken würde, in den sie nach ihrer Scheidung gefallen war. Er hatte einen schwarzen Anzug mit einem burgunderroten Hemd und passender Krawatte getragen, und er hatte sie angesehen, sie von Kopf bis Fuß gemustert und war dann einfach weitergegangen. Abgecheckt. Abserviert.

Und seitdem hatte sich an diesem Verhalten ihr gegenüber nichts mehr geändert.

Jared sagte nichts. Candy starrte weiter auf den Bildschirm.

»Ich denke, ich gebe einfach ein, dass wir uns bei der Arbeit begegnet sind.«

»Gut.«

Ihre Finger zitterten, als sie die Antwort eintippte. Sie pustete sich eine Strähne aus den Augen und versuchte, die Enttäuschung, die sie empfand, zu ignorieren. Verdammt, was hatte sie denn erwartet? Dass Jared sagen würde, dass sich ihre Blicke über den Konferenztisch hinweg getroffen hätten und dass es Schicksal gewesen wäre?

Es gab für sie keinen Zweifel, dass er nicht einmal mehr den genauen Zeitpunkt ihrer ersten Begegnung nennen konnte.

Jared war verzweifelt. Bis jetzt waren sie noch nicht einmal zu den wirklich harten Fragen gekommen, und er lief schon Gefahr, gleich zu hecheln und zu sabbern.

Die erste Begegnung mit Candy hatte sich unauslöschlich in sein Gedächtnis eingebrannt. Er war in die Räumlichkeiten von *Stratford Marketing* marschiert und ins Konferenzzimmer gegangen, wo er um acht Uhr morgens einen Termin mit Harold gehabt hatte.

Candy war auch da gewesen. Sie hatte einen kirschroten Rollkragenpullover getragen, der zu ihren Lippen gepasst hatte. Ihr blondes Haar war zu einem Knoten zusammengebunden gewesen, und sie hatte einen knielangen weißen Wollrock und Stiefel angehabt. Er hatte das Gefühl gehabt, ein lebensgroßes Pfefferminzbonbon anzustarren, so weiß und glänzend und süß.

Der Anblick hatte ihn erstaunt, und er hatte peinlicherweise eine spontane Erektion bekommen. Seine Körpertemperatur war dramatisch angestiegen, und er hatte sich wie ein Pfund Bacon in der heißen Pfanne gefühlt.

So schnell es ging, war er aus diesem Konferenzzimmer verschwunden. In den vergangenen acht Wochen hatte er Candy dann konsequent gemieden. Zwar hätte eine Begegnung mit ihr ihn vermutlich nicht in Lebensgefahr gebracht, aber er war sich ganz sicher, dass er ihretwegen wieder einmal seinen Job verlieren und sich in die Schlange der Arbeitslosen einreihen würde.

»Nächste Frage.« Er schlug die Beine übereinander, wobei er darauf achtete, seiner Erektion genug Platz zu lassen, und suchte sich einen schönen Punkt auf Harolds Schreibtisch aus, den er anstarren konnte. Es gab ein Foto von zwei ungefähr zehn- bis zwölfjährigen Kindern. Schlaksig. Kleine Harolds mit Haaren.

»Weiter geht's«, sagte sie mit einem frechen kleinen Lächeln. »Wir sind schon bei Frage vier.«

Genau das war es, was er *nicht* brauchte. Sie war unglaublich süß. Es war leichter gewesen, als sie über ihre Familie gesprochen hatte. Dabei hatte sie wenigstens echt gewirkt, wie ein richtiger Mensch mit Gefühlen, und ganz sicher nicht wie jemand, mit dem er in Harolds Büro rummachen und dann einfach ohne Reue und gegenseitige Schuldzuweisungen gehen konnte. Aber wenn sie sich so verhielt …

wenn sie sich so vorbeugte und auf diese Weise lächelte, vergaß er alles – sogar seinen eigenen Namen.

»Was ist los?« Sie setzte sich auf den Stuhl neben ihn und zog den Laptop näher an den Rand des Schreibtisches. »Sie starren jetzt schon finster vor sich hin, und dabei habe ich die Frage noch nicht einmal vorgelesen.«

Er warf einen Blick auf seine Uhr. »Es kommt mir nicht so vor, als würden wir vorankommen. Ich denke, wir sollten ein paar Fragen überspringen oder so.«

Mit einem kleinen Lachen strich sie mit ihren Fingern über seine Hand. Ihre Finger, um Himmels willen. Auf seiner Haut. Sie berührte ihn.

»Warum die Eile?«, fragte sie.

Einen Moment mal. Er veränderte seine Position auf dem Stuhl und hoffte, dass diese Bewegung sie dazu veranlassen würde, ihn loszulassen. Doch diesen Gefallen tat sie ihm nicht.

Ihm gefiel dieser Unterton in ihrer Stimme nicht. Dieses »Lass-uns-mal-sehen-wohin-das-hier-führt«-Lachen.

»Ich dachte, wir wollten uns beeilen. Sie haben das vorhin auch noch gesagt.«

»So? Habe ich das?« Sie drückte ganz leicht seine Hand, fuhr mit ihrem Daumen um seinen Daumen, strich vor und zurück. »Wenn ich das gesagt habe, dann habe ich inzwischen eben meine Meinung geändert. Manchmal ist langsam besser als schnell, finden Sie nicht auch?«

Es war ein wahrer Kampf, nicht zurückzuzucken. Oder sie zu greifen und ihr das Lächeln von den Lippen zu küssen.

»Langsam ist nicht besser, wenn es zum Beispiel um die Download-Geschwindigkeit im Internet geht. Oder wenn man mit dem Wagen auf dem Highway unterwegs ist. Oder wenn man auf seinen Gehaltsscheck wartet.«

Sie legte den Kopf schräg. Da war ein Funkeln in ihren Augen, dem er nicht traute.

»Aber langsam ist besser, wenn man ein gutes Essen genießt. Oder wenn man am See spazieren geht. Oder wenn man miteinander schläft.«

Oh, verflucht. Er hatte wirklich, wirklich befürchtet, dass sie so etwas sagen könnte. Jared bewegte sich nicht – aus Angst, dass jede Bewegung, jedes Zucken eines Muskels eventuell als Einladung missverstanden werden könnte.

Bedächtig, vorsichtig, weder lächelnd noch sonst eine Gefühlsregung zeigend, entgegnete er: »Aber wir machen ja nichts von alledem.«

Candy zog ihre Hand zurück. Diese Reaktion hätte ihn eigentlich beruhigen können – doch das tat sie nicht. Denn noch während sie ihre Hand zurückzog, lehnte Candy sich vor und machte den Knopf an ihrer Kostümjacke auf.

Diese wunderbaren vollen Lippen öffneten sich mit einem verlockenden kleinen Geräusch, und sie sagte: »Das stimmt. Wir machen nichts von alledem ... jedenfalls noch nicht.«

Jared schluckte. Schwer. Sein Instinkt riet ihm, ihre Worte zu ignorieren, das Thema zu wechseln, eine Tasse Kaffee über Harolds Computer auszuschütten und hier zu verschwinden, solange es noch ging.

Doch selbstverständlich tat er das nicht. Er musste es wissen. *Musste* es einfach wissen. »Sind Sie denn daran interessiert, irgendetwas davon zu machen?«

Candy hatte ihn. Sie hatte es geschafft. Sie hatte Jared dazu gebracht, eine Reaktion zu zeigen – und es war eine durchaus positive Reaktion, wenn man ihn so betrachtete und sah, wie sein Mund zuckte.

»Ich bin an ein oder zwei Dingen interessiert. Und Sie?«

Er nickte. »Ein Spaziergang am See klingt nett.«

Sie setzte sich auf. War das sein Ernst? »Es ist März, und draußen sind es vielleicht fünf Grad! Eine starke Böe, und wir wären vom eiskalten Seewasser vollkommen durchnässt.«

»Es war doch Ihre Idee. Und mir war nicht klar, dass wir darüber sprechen, eine dieser Sachen gemeinsam zu tun.«

Er veränderte seine Haltung nicht, und seine Miene war noch immer undurchdringlich. Er blinzelte nicht und wirkte sehr kontrolliert. Es kostete sie alle Kraft, nicht aufzustehen und Harolds Büro voller Scham zu verlassen. Doch wenn sie ein bisschen Menschenkenntnis besaß – was ihr allerdings beim Gedanken an ihren Ex-Mann fragwürdig erschien – und wenn ebendiese Menschenkenntnis sie nicht trog, dann sah sie in Jareds Augen Lust aufblitzen.

Ziemlich verborgen, aber trotzdem vorhanden. Und dazu das Zucken seines Mundes.

Es reichte ihr auf jeden Fall, um sitzen zu bleiben. »Tja, ich würde keine dieser Sachen allein machen wollen. Und Sie?«

Candy lächelte ihn an. Als sie lasziv aus ihrer Kostümjacke schlüpfen wollte, fand sie sich im nächsten Moment im Kampf mit den Ärmeln wieder. Es endete damit, dass sie auf dem Stuhl vor- und zurückwackelte und an der Jacke zerrte, wobei sie außerdem darauf achten musste, dass die Bluse nicht verrutschte. Bevor sie wusste, wie ihr geschah, ergriff Jared beide Ärmel und befreite sie schließlich.

»Danke.«

»Gern geschehen. Und im Übrigen: Ich ... esse auch nicht gern allein.«

Hilfe. Wenn sie sich gefragt hatte, warum sie in den letzten zwei Jahren nichts und niemand hatte erregen können, so hatte sie jetzt ihre Antwort. Sie hatte auf Jared gewartet. Alles, was er tun musste, war offenbar, ganz normal zu atmen, und schon wurde sie feucht.

»Frage vier.« Ihre Stimme klang seltsam schrill, und Candy räusperte sich. »›Nennen Sie die Stelle, an der Sie am liebsten von Ihrem Partner berührt werden.‹«

Candy beugte sich vor und betrachtete die Worte auf dem Monitor noch einmal genauer. Stand das wirklich da, oder hatten ihre persönlichen Gedanken und Wünsche zu einer freudschen Fehlleistung geführt?

»Was, zum Teufel, ist das für eine Frage?«, stieß Jared hervor.

Es war offensichtlich eine Frage aus dem Ratgeber, wie man als Paar die Harmonie wiederentdeckte – kein Zweifel: Candy hatte die Frage richtig vorgelesen.

»Harold kann nicht ernsthaft von uns erwarten, dass wir das beantworten. Und wir haben uns noch nie berührt, also ist es vollkommen irrelevant.«

»Oder wir nehmen als Antwort die Stellen, an denen wir gern von ... äh ... irgendjemandem berührt werden würden.« Unvermutet sprang Candy auf und ging hinter ihrem Stuhl auf und ab, so dass Jared sie nicht mehr sehen konnte.

Von allen billigen, unangemessenen, übertriebenen Dingen, die man sagen konnte, hatte sie sich ausgerechnet dafür entschieden. Über kurz oder lang würde er sie vermutlich packen und schütteln, damit sie seinen Wink mit dem Zaunpfahl endlich verstand. Er war nicht an ihr interessiert – und sich ihm so offensichtlich an den Hals zu werfen war für sie beide nur peinlich.

Sie wusste es. Es war unvermeidlich. Wo war das berühmte Mauseloch zum Verkriechen, wenn man eines brauchte?

Jared drehte sich mit seinem Stuhl herum und blickte sie an. »Tja, diese Frage ist für einen Mann ausgesprochen leicht zu beantworten. Ich denke, wir alle wünschen uns, an genau einer Stelle berührt zu werden. Und ich spreche nicht von unseren Füßen.«

Da war sie sich sicher.

Bevor ihr eine Antwort eingefallen war, die sie nicht wie eine Zicke und auch nicht wie die totale Schlampe wirken ließ, sondern eher ein nettes, interessiertes Dazwischen war, ergriff Jared das Wort.

Er hatte die Hände hinter seinem Stuhl verschlungen, und sein Hemd spannte sich über seiner breiten Brust. »Also, wenn *irgendjemand* mich berühren würde, dann würde ich mir wünschen, dass derjenige diese Stelle wählt.«

Candy zwang sich dazu, stehen zu bleiben und nicht länger wie ein eingesperrtes Raubtier hin und her zu laufen. »Warum tragen Sie das nicht in den Fragenkatalog ein?«

Jared lachte auf. Zum ersten Mal hörte sie ihn lachen, weil er etwas wirklich lustig fand. Es war ein volles, tiefes Lachen, das sie umhüllte und ihr eine Gänsehaut machte.

»Das werde ich.« Er griff nach dem Laptop und tippte seine Antwort mit beiden Händen ein, schnell und effizient. »Was soll ich bei Ihnen eingeben? Wo würden Sie gern angefasst werden, Candy?«

Überall – und zwar immer wieder, schoss es ihr durch den Kopf.

»Tja-ja.« Sie zog das Wort in die Länge und hoffte, dass sie durch die gewonnene Zeit mutiger werden würde. Denn sie wusste genau, was sie wollte – sie musste es nur noch laut aussprechen.

Sie ballte die Hände zu Fäusten, warf ihr Haar zurück und setzte alles auf eine Karte. »An meinen Brüsten.«

Jared blickte sie nicht an, doch sie bemerkte, dass seine Finger auf der Tastatur einen Moment lang innehielten. Seine Stimme klang tief, lockend. »Würden Sie sagen, dass Sie besonders gern an den Nippeln angefasst werden oder an der ganzen Brust, Candy? Und soll derjenige Sie mit den Händen oder mit der Zunge berühren? Ich will den Fragebogen einfach nur so genau wie möglich ausfüllen.«

Candy griff nach der Rückenlehne ihres Stuhls, um sich festzuhalten und nicht in Ohnmacht zu fallen. Himmel, sogar der Hinterkopf dieses Mannes sah unglaublich sexy aus. »Beides. Alles.«

Seine Finger nahmen ihre Tätigkeit wieder auf. »Habe ich notiert.«

Dann scrollte Jared auf dem Bildschirm weiter nach unten. »Lassen Sie uns mal sehen, wie Frage Nummer fünf lautet.«

Candy hatte sich nie viel aus Alkohol gemacht, doch in diesem Moment sehnte sie sich nach einem Schluck Bourbon. Oder einem kleinen Fässchen Bourbon. Sie hatte die Sache ins Rollen gebracht – mit Hilfe von Harolds albernem intimen Ratespiel –, und jetzt musste sie es auch durchziehen. Ihr Körper verlangte danach.

»Ich bin so weit«, sagte sie.

»›Was ist der Unterschied zwischen Sex, Liebe und Romantik?‹« Jared schnaubte verächtlich. »Oh, das ist einfach.«

»Wirklich?« Candy lehnte sich gegen ihren Stuhl. »Was würden Sie antworten?«

Jared sah nicht einmal auf, während er die Worte eintippte. »Sex ist das, was man tut, Liebe ist das, was man empfindet, und Romantik ist das, was man sagt.«

Tja, er war offenbar wirklich überzeugt, die Antwort auf diese Frage zu kennen. Doch Candy war anderer Meinung. »Das ist nicht wahr«, widersprach sie. »Liebe kann ebenso gut etwas sein, das man tut. Zum Beispiel, wenn man jemandem zeigt, dass man ihn liebt – durch eine kleine Geste oder ein Geschenk. Man kann sagen, dass man jemanden liebt. Und man kann Romantik zeigen, indem man einen Menschen mit einem Candle-Light-Dinner überrascht. Man kann romantische Gefühle haben. Sex kann man ganz sicher fühlen – doch miteinander zu reden und romantisch zu sein gehört zum Sex genauso dazu. Irgendwie sind Sex, Liebe und Romantik miteinander verwoben, obwohl sie vollkommen unterschiedlich sind.«

Wie jeder sehen konnte.

Jared blickte sie mit einem gequälten Ausdruck in den Augen an. »Sie haben recht. Ich lag falsch.«

Seine Antwort brachte sie zum Lachen. »Was?«

»Sollte ich das nicht sagen? Wir könnten natürlich darüber streiten, aber ich denke, so sparen wir Zeit.«

»Nein, ich möchte nicht, dass Sie mir einfach recht geben. Ich möchte Ihre Meinung hören. Ich möchte diskutieren, Vorstellungen und Ideen austauschen. Vielleicht kann ich aus Ihrem Erfahrungsschatz etwas lernen.«

Skeptisch sah er sie an. »Keine Frau wollte jemals hören, was ich zu sagen habe. Nicht wirklich.«

Candy blickte ihn an und nahm den Anblick seiner

umwerfend dunklen Augen und seiner schwarzen Haare in sich auf. Seine Wangenknochen waren so stark, so sinnlich und gingen über in ein stolzes Kinn und fein geschwungene Lippen. Und plötzlich traf sie die Erkenntnis: Frauen behandelten Jared so, wie Männer *sie* behandelten.

Wie ein Objekt. Wie ein schönes Schmuckstück.

Dieses unerwartete Verständnis für ihn überraschte sie. »Ich möchte hören, was Sie zu sagen haben«, platzte sie heraus. »Ob ich nun damit einverstanden bin oder nicht.«

Er ließ seinen Blick über sie gleiten, und sie stand ganz ruhig da, sah ihn kämpferisch an und forderte ihn heraus, auf ihre Worte zu reagieren. Aber selbst wenn er sie jetzt finster ansehen würde – es würde ihr kaum etwas ausmachen.

Er sah sie aber nicht finster an. Er hielt inne, schürzte die Lippen und schüttelte dann ganz leicht den Kopf. Schließlich sagte er: »Ich werde es mir merken.«

Das reichte ihr.

»Aber wir bleiben bei meiner Antwort, weil Ihre zu lang ist, um sie einzugeben«, fügte er hinzu.

Candy lachte und beugte sich vor. Sie kam ihm näher und hoffte, ganz unschuldig einen Blick über seine Schulter auf den Bildschirm werfen zu können. Wozu sie ihn natürlich würde berühren müssen.

»Oh, schauen Sie. Es gibt einen Zusatzpunkt zwischen Frage fünf und sechs. Es ist ein Tipp, wie man als Paar die Romantik in der Beziehung am Leben erhält.« Jared schüttelte den Kopf. »O Mann. Was, zur Hölle, hat Harold sich bloß dabei gedacht? Hat er sich diesen Test auch nur einmal angesehen?«

»Das bezweifle ich.« Candy legte ihre Hände auf die

Rückenlehne von Jareds Stuhl, stützte sich auf und beugte sich über seine Schulter. Wenn sie sich nun nach rechts drehen würde, wären ihre Lippen nur ein klitzekleines Stückchen voneinander entfernt. Aber im Moment blickte sie brav geradeaus.

»Wie lautet der Tipp?«

Jared wandte sich ihr zu. Sein Atem streifte ihre Wange. »Wieso? Brauchen Sie einen Rat?«

Sie zuckte die Achseln. Bei dieser Bewegung berührten ihre Brüste seine Schulter. »Man weiß ja nie. Es könnte vielleicht etwas Nützliches sein.«

Jared hatte sich wieder dem Laptop zugewandt. »Man soll seinen Partner massieren. Dabei soll man bei den Füßen beginnen und sich langsam hocharbeiten, wobei man den erogenen Zonen besondere Aufmerksamkeit schenken soll.«

Candy stellte sich vor, wie Jareds Hände über ihre Beine streichelten, dann über die Innenseiten ihrer Oberschenkel und schließlich zwischen ihren Schenkeln landeten – für sehr, sehr lange.

»Außerdem schlagen sie hier vor, essbare Massageöle zu verwenden, die es offenbar in Geschmacksrichtungen wie Schokolade oder Himbeere gibt.«

O Gott. Die Vorstellung, wie er ihr Schokoladensoße von den Nippeln leckte, verstärkte ihr Problem mit dem feuchten Höschen. Wenn sie noch mehr Zeit mit Jared verbringen müsste, würde sie sich angewöhnen müssen, ein Ersatzhöschen bei sich zu tragen.

Candy wandte sich Jared zu. Er beobachtete sie. Seine Lippen waren nahe genug, um sie zu berühren. Zu lecken. Zu küssen.

»Das klingt klebrig«, flüsterte sie.

Der Duft von Kaffee wehte zu ihr herüber, als er durchatmete – ein bisschen heftiger und schneller als normalerweise. Candy knabberte an ihrer Unterlippe.

»Es klingt köstlich«, erwiderte er.

»Wenn man hungrig ist.«

»Oh, ich bin hungrig, Candy. Es ist schließlich Mittagspause.« Jareds Blick blieb an ihren Lippen hängen.

Er würde sie küssen, er würde sie küssen, er würde … sich wieder zum Computermonitor umdrehen.

Verdammt. Wo war denn das Massageöl mit Schokoladengeschmack, wenn sie es mal brauchte?

In Zukunft würde sie es immer in ihrer Handtasche dabeihaben. Zusammen mit dem Ersatzhöschen.

4. Kapitel

Heilige Scheiße, er hätte sie beinahe geküsst. Hatte er denn nichts aus der Geschichte mit Jessie und dem heimlichen Kuss im Kopierraum gelernt? Arbeit und Sex sollte man strikt trennen. Immer.

Selbst dann, wenn man mit der heißesten Frau der gesamten Firma in einem gemütlichen Büro eingesperrt war und wenn sie so nahe bei einem stand, dass kaum noch ein Blatt Papier dazwischenpasste.

Vor allem dann, wenn man gerade die erregenden Effekte von Schokoladensoße bei einer Massage diskutierte.

Und ganz sicher dann, wenn ebendiese heiße Frau ab und an persönliche Bemerkungen einwarf, die ihn vermuten ließen, dass sie ihm tatsächlich zuhörte.

Candy gab Stück für Stück preis, dass sie unglaublich vielschichtig war und noch viele Überraschungen in petto hatte. Als Jared auf den Computermonitor vor sich starrte, fragte er sich, wie eine Frau zugleich intelligent, nett, lustig und so verdammt hinreißend sein konnte.

Wenn er nicht vorsichtig war, konnte es ihm passieren, dass er sie ernsthaft zu mögen begann.

Und wenn sich dann noch herausstellen würde, dass sie kochen konnte, wäre es endgültig um ihn geschehen. Dann wäre er verloren. Verloren und arbeitslos.

»Wie lautet die nächste Frage?«, wollte sie wissen.

Scheiße, wen interessierte das? Er hatte größere Probleme als Harolds blöde Paartherapie. Wie zum Beispiel die Erektion, die sich in seiner Hose bemerkbar machte.

Er las die Frage trotzdem vor, auch wenn ihm schmerzlich bewusst wurde, dass keine Erlösung für seinen armen, vernachlässigten Schwanz in Sicht war. »Nummer sechs: ›Mögen Sie die Stadt oder das Land lieber?‹«

Da er dankbar sein sollte, dass diese Frage nichts mit Soße zu tun hatte, die man sich gegenseitig auf den nackten Körper streichen konnte, und auch keine etwaigen Vorstellungen in ihm auslöste, kam seine Antwort schnell: »Die Stadt.«

Während er tippte, sagte Candy: »Das Land.«

Jared wagte nicht, in ihre Richtung zu blicken, da sie noch immer über ihn gebeugt hinter ihm stand. Aber er konnte sich nicht verkneifen zu sagen: »Ein Mädchen vom Land, wie? Das wundert mich bei Ihrem starken Akzent überhaupt nicht.«

Candy richtete sich auf. »Ich habe keinen Akzent! Man kann nicht einmal heraushören, dass ich aus dem Süden komme.«

Klar. Auf jeder ihrer wundervollen Kurven schien das Wort »Südstaatenschönheit« geradezu zu blinken. Vermutlich würde sie sogar mit einem süßen kleinen Akzent stöhnen. »Gut, Sie sind sicher kein totales Landei, aber auf gar keinen Fall gehen Sie als gebürtige Chicagoerin durch.«

Er riskierte einen Blick in ihre Richtung. Sie hatte die Hände in die Hüften gestemmt. »Beleidigen Sie mich gerade?«

»Überhaupt nicht.«

Sie schien bereit zu sein, sich mit ihm anzulegen, doch er verhinderte Schlimmeres, indem er die nächste Frage vorlas. »Nummer sieben: ›Wie verbringen Sie am liebsten einen Abend zu zweit?‹«

War damit gemeint, bevor man sich auszog oder danach?

Candy hatte sich wieder entspannt und gegen seinen Stuhl gelehnt. Ihre Hüfte schmiegte sich an die Seite der Rückenlehne. Der Kommentar über den Akzent war offenbar vergessen. »Tja, ich würde mir ein schönes, romantisches Dinner zu Hause wünschen. Einen guten Wein, etwas leise Jazzmusik im Hintergrund und einen Film, den wir uns zusammen anschauen könnten. Wir würden uns über unseren Tag unterhalten, den Film, alles Mögliche, und dann würde es sich von dort ... äh ... weiterentwickeln.«

Es klang ganz normal. Es klang genau so, wie er sich einen perfekten Abend zu zweit vorstellte.

Der Gedanke überraschte ihn. Seine Beziehungen waren bisher nicht besonders romantisch gewesen. Er schien in Frauen keine solchen Gefühle auszulösen. Für gewöhnlich drehte sich die einzige Unterhaltung darum, dass die Frauen ihn umschmeichelten und ihn baten, Dinge zu tun, die ihn – wie er wusste – in Schwierigkeiten bringen würden. Wie zum Beispiel Küsse im Kopierraum.

Als er ungefähr siebzehn Jahre alt gewesen war, hatte er es sich endgültig abgewöhnt, daran zu glauben, dass ihn mit einer Frau jemals so etwas wie reine Freundschaft – und nicht mehr – verbinden könnte. Die einzige Frau, mit der er behaupten konnte, jemals eine ernsthafte Unterhaltung geführt zu haben, war eine ehemalige fünfzigjährige Kollegin gewesen. Und seine Freundin Kim, die er schon kannte, seit sie neun Jahre alt waren. Er war sich sicher, dass es kein Zufall sein konnte, dass Kim lesbisch war.

Sogar in den wöchentlichen Anrufen bei seiner Mutter ging es eher um banale Dinge und Diskussionen über seine Wäsche und das Wetter als um wirklich wichtige Themen.

»Was ist mit Ihnen?«, fragte Candy ihn.

Kurz dachte er darüber nach, zu lügen oder auszuweichen, doch stattdessen sagte er: »Bei mir sähe es genauso aus. Denken Sie sich nur noch einen Kamin dazu.«

Die Belohnung war ein Lächeln, das sich von einer Seite von Candys goldenem Gesicht bis zur anderen Seite ausbreitete. »Tatsächlich?«

Die Freude, die ihm dieses eine Wort bereitete, ließ ihn verlegen auf seinem Stuhl hin und her rutschen. Und das hatte nichts mit seiner immer noch sehr spürbaren Erektion zu tun.

Es war schlimmer, als er es sich je hätte vorstellen können.

Es war bereits passiert.

Er mochte sie.

Und das bedeutete, dass er verloren war.

»Tatsächlich«, bestätigte er und konzentrierte sich schnell auf die nächste Frage. »Also, Frage acht. Los geht's. ›Warum haben Sie sich für Ihren derzeitigen Beruf entschieden?‹«

Das war aus seiner Sicht eine leicht zu beantwortende Frage. Weil es ein ziemlich gut bezahlter Job war, weil er erfolgreich darin war und weil die Arbeit nichts Unangenehmes beinhaltete, wie zum Beispiel Müll zu entsorgen oder Körperöffnungen zu untersuchen.

Candy verlagerte ihr Gewicht, so dass die andere Hüfte hervorragte. »Tja, das ist kompliziert. Ich musste mir einen Job aussuchen, in dem zu gleichen Teilen Männer und Frauen arbeiten. Denn wenn ich als Frau in einem Job arbeiten würde, den ansonsten ausschließlich Männer machen, würde man mich vermutlich nicht ernst nehmen.« Sie warf ihm einen Blick zu. »Der Name, wissen Sie?«

Der Name, das Haar, die Beine, der Akzent. Nur für den Anfang.

»Aber ich kann auch nicht nur mit Frauen zusammenarbeiten. Frauen neigen dazu, mich auszugrenzen, und sind nicht immer freundlich zu mir. Ich habe es nie verstanden, doch es kommt mir so vor, als wenn sie sich immer weiter zurückziehen würden, je mehr ich mich anstrenge.«

Versuch es als Erklärung mal mit Neid, schoss es Jared durch den Kopf.

Candy zog die Aufmerksamkeit jedes Mannes auf sich – egal, was sie tat. Er war sich sicher, dass die anderen Frauen darauf reagierten. Und zwar negativ.

»Also habe ich den Bereich Marketing gewählt, weil auf diesem Gebiet eine ausgewogene Mischung aus Männern und Frauen zu finden ist. Und außerdem gefiel mir die Herausforderung, den Kunden ihre Wünsche und Bedürfnisse von den Augen abzulesen.«

Tja, seine eigene Antwort klang im Vergleich dazu wirklich lahm. Glücklicherweise hatte er sie nicht laut ausgesprochen.

»Mir gefällt mein Job, aber ich habe noch immer nicht viele Freunde in der Firma gefunden. Irgendwie scheint es mir nicht zu gelingen, in den inneren Kreis aufgenommen zu werden.« Traurig schüttelte sie den Kopf, und die Toughness der Geschäftsfrau war ebenso wie jede Spur von Leichtigkeit und Flirtlaune verschwunden. Candy wirkte einfach nur gekränkt und verletzlich. »Niemand mag mich wirklich.«

Sein Verstand flehte ihn an, es nicht zu sagen – doch sein Herz und andere Körperteile hörten nicht darauf. »Ich mag Sie.«

Candy verschränkte die Arme vor der Brust und lachte. Es klang nervös und überrascht. »Nein, das tun Sie nicht. Sie meiden mich, als hätte ich eine fiese ansteckende Krankheit. Darum sind wir überhaupt hier, in Harolds Büro. Schon vergessen?«

Er stand auf, wandte sich ihr zu und kam ihr näher, bevor sie fliehen oder irgendetwas dagegen tun konnte. Mit seinen Händen ergriff er ihre. Und während er sprach, wurden ihre Augen immer größer.

»Vielleicht habe ich das alles nur getan, weil ich Sie viel zu sehr mag.«

Die Lippen, die ihn in jedem seiner wachen Momente – und im Großteil seiner schlafenden auch – gereizt und gelockt hatten, formten sich zu einem großen, überraschten O. Er nutzte ihre Verblüffung aus und beugte sich vor.

Und eine Sekunde später lagen seine Lippen auf ihren. Es hatte eine kurze, süße Berührung werden sollen, nur eine flüchtige Begegnung, bevor er sich wieder zurückzog. Doch in dem Moment, als er ihre Lippen schmeckte, würzig und voll, war es um ihn geschehen.

Sie war angespannt, hatte mit ihren Händen seinen Kragen gegriffen, aber mit einem leisen Aufseufzen öffnete sie schließlich ihren Mund für ihn. Ohne Vorwarnung ging seine Zunge ihren eigenen Weg, erforschte ihren Mund, und heißes, pulsierendes Verlangen machte sich unterhalb seines Gürtels breit.

Irgendjemand stöhnte. Er hoffte inständig, dass nicht er es gewesen war.

Candy hielt sich verzweifelt an Jared fest und versuchte, aufrecht stehen zu bleiben. *Hilfe.* Es fühlte sich an, als würde er ihren Mund *verschlingen* – leckend und saugend und knabbernd.

Es war zu viel. Sie konnte den harten, schnellen Bewegungen seiner Zunge und seines Mundes nicht mehr standhalten. Sie konnte nichts weiter machen, als ihn tun zu lassen, was er tat, sich an ihm festzuhalten und vor Lust zu stöhnen.

Das Stöhnen beherrschte sie perfekt – wann immer Zeit war, Luft zu holen. Meist jedoch rang sie nach Atem und kämpfte darum, auf ihren hohen Absätzen nicht ins Straucheln zu geraten.

Mit seinen Händen strich er über ihre Arme bis hinauf zu ihrem Gesicht und umschloss es. Es war nicht zärtlich, es war wild, dominant. Er hielt sie fest, während er ihren Mund erkundete.

Verwirrung vermischte sich mit Leidenschaft, und Candy drückte seine Arme fester. Das hatte sie nicht erwartet. Sie hatte sich vorgestellt, dass Jared niemals die Selbstbeherrschung verlieren und sich immer unter Kontrolle haben würde. An diese überschäumenden Emotionen hatte sie nicht gedacht, als sie sich ausgemalt hatte, wie er sie gekonnt und voller Charme küsste.

Nach ihrem Ex-Mann und seiner sehr ichbezogenen Art, mit ihr zu schlafen, hatte sie sich geschworen, jemanden zu finden, der anders war, der auf ihre Bedürfnisse eingehen, nicht seine eigenen Wünsche in den Vordergrund stellen würde. Sie hatte geglaubt, dass Jared so ein Mann war.

Doch Jared war alles andere als zurückhaltend – und ihre Reaktion darauf war ebenfalls vollkommen anders, als sie es erwartet hätte. Sie hatte Spaß dabei. Es war erregend zu wissen, dass sie ihn beinahe um den Verstand brachte, dass er seine Vernunft ungefähr bei Frage sechs ausgeschaltet hatte.

Jared wich einen Schritt zurück und nahm seine Wärme und seinen männlichen Duft mit. »Gott ...«

Widerstrebend schlug Candy die Augen auf und atmete zitternd ein. Sie strich sich mit Daumen und Zeigefinger über den feuchten Mund, betrachtete Jared und fragte sich, ob er anfangen würde zu stammeln oder ob er sich entschuldigen würde.

Sie hätte es besser wissen müssen. Jared stammelte nicht.

»Siehst du? Ich habe dir gesagt, dass ich dich mag.« Er rückte seine Krawatte zurecht, ohne Candy aus den Augen zu lassen.

Candy spürte, wie ihre Wangen brannten. Sie musste zugeben, dass diese Antwort besser war als jede Entschuldigung. Nichts lief so, wie sie es geplant hatte. Ihr ursprünglicher Plan war es gewesen, Jared dazu zu bringen, sie um ein Date zu bitten. Die Verführung hätte sich dann später ergeben.

Das hier war wilder, unkontrollierter, beinahe *schmutzig*. Sie hatten im Büro ihres Chefs herumgeknutscht. Und es hatte ihr gefallen.

»Vielleicht tust du das«, stimmte sie ihm zu. Und mit einem schauspielerischen Talent, das sie bei sich selbst nicht vermutet hätte, schlenderte sie an ihm vorbei und strich mit der Hand über seinen Arm, als sie zu Harolds Schreibtisch ging.

Jared atmete scharf ein. Candy blickte sich nicht um.

Wieder beugte sie sich über Harolds Schreibtisch und stützte das Kinn auf die Hand. »Also, wie lange ... magst du mich schon? Als Freund.«

Mühsam löste Jared seinen Blick von Candys Beinen und fragte sich, welches Spielchen sie jetzt mit ihm spielte. Seine freundschaftlichen Gefühle hatten nichts mit diesem Kuss zu tun. Dieser Kuss fußte auf zwei Monaten angestauter Lust.

Erst seit einer halben Stunde spielte »Freundschaft« zwischen ihnen überhaupt eine Rolle. Und er nahm an, dass er die etwaigen freundschaftlichen Gefühle wahrscheinlich mit einem Schlag zerstört hatte, als er sie gepackt und geküsst hatte.

Ihm wurde klar, dass er die Vorstellung, mit seinem Verhalten die möglicherweise intensiver werdende Beziehung zwischen ihnen im Keim erstickt zu haben, wirklich traurig fand. Er bereute sein Handeln. Doch wenn er sich jetzt zurückzog, konnte er die Freundschaft zwischen ihnen vielleicht noch retten.

Also ließ er sich auf den Stuhl fallen, um nicht Gefahr zu laufen, sie wieder anzufassen, und räusperte sich. »Wir haben uns noch nicht oft unterhalten, aber ich respektiere deine Arbeit. Du bist fleißig und begabt, immer pünktlich, und deine Präsentationen sind professionell und regen zum Nachdenken an.«

Er klang, als würde er das jährliche Mitarbeitergespräch führen, um die Leistung der vergangenen zwölf Monate zu besprechen. Aber es war immer noch besser, als das zu sagen, was ihm in Wirklichkeit durch den Kopf ging.

Denn in Wirklichkeit dachte er, dass sie ein anbetungswürdiges Lächeln hatte und lustige Dinge sagte, bei denen ihm das Herz aufging. Ganz zu schweigen von ihrem Körper, bei dessen Anblick er sich wünschte, ihr Badeschwamm zu sein, damit er sie überall berühren konnte. Warm und nass.

Ungeduldig schnalzte sie mit der Zunge. »Das meinte ich nicht. Ich spreche davon, dass du mich *magst.*«

Aus dieser Diskussion konnte er nur als Verlierer herausgehen. Da er sich selbst versprochen hatte, sich zu benehmen, würde er keine der nicht jugendfreien Vorstellungen wiederholen, die vor seinem inneren Auge aufgetaucht waren und die alle zeigten, wie sehr er sie »mögen« könnte.

Stattdessen sagte er: »Aber davon habe ich doch auch gesprochen.«

Es entstand eine Pause, und sie fuhr mit dem Finger über den Monitor. »Schau, Frage neun beschäftigt sich mit genau dem Thema, über das wir gerade reden.«

Worüber redeten sie denn gerade? Er wusste es verdammt noch mal nicht.

»Was magst du an deinem Partner am meisten?« Candy stützte ihr Kinn noch immer auf ihre Hand und stand über den Schreibtisch gebeugt vor ihm.

Ihre Beine waren durchgedrückt, ihr wohlgeformter kleiner Po direkt vor seinem Gesicht, viel zu nahe für ihn, um noch entspannt zu sein. Das Haar fiel ihr über die Schultern, und sie hatte die Unterlippe in den Mund genommen und knabberte versonnen daran.

Dann – aus unerfindlichen Gründen, die vermutlich einzig auf die Vergrößerung seiner Qualen abzielten – spreizte sie die Beine. Nur ein wenig, so dass ihre Füße einige Zentimeter voneinander entfernt waren. Ihr Rock rutschte dabei ein paar Zentimeter nach oben.

Vielleicht war es so bequemer für sie. Oder sie wusste, welche Wirkung es auf ihn hatte, die Beine ein bisschen zu spreizen.

Er war eine Armlänge von ihr entfernt. Er betrachtete die Zartheit ihrer Beine, die in einer feinen Strumpfhose steckten. Sie waren perfekt. Schlank und doch durchtrainiert, schauten sie unter dem Rock hervor – doppelte Folter.

Ein kurzes Vorbeugen, ein Ausstrecken der Hand, und er könnte diese Schenkel berühren. Er könnte unter diesen Rock greifen und hinaufstreichen, bis er auf den Schatz stieß. Wenn sie, wie er vermutete, Strumpfhalter trug, würde keine Strumpfhose ihren Slip vor seiner Berührung schützen.

Und nichts könnte ihn daran hindern, dieses Stückchen Spitze, oder was auch immer sie trug, zur Seite zu schieben und tief in Candy zu dringen.

»Das ist eine echt schöne Frage«, sagte sie vergnügt. Sie ahnte nicht, dass in seinem Innern gerade ein Kampf zwischen Gut und Böse tobte.

Und das Böse lag bisher eine Nasenlänge voraus und gewann immer mehr an Boden.

»Ich mag vieles an dir, Jared. Du bist ein fleißiger Arbeiter, du tratschst nicht, du ziehst dich geschmackvoll an, und du bist intelligent.«

Er hörte ihre Worte kaum, sondern bewegte sich unwillkürlich. Langsam lehnte er sich vor, kam ihr näher und näher, bis er ihren Duft wahrnehmen konnte.

Sie trug ein leichtes blumiges Parfüm, das sich mit einem Geruch von Beeren vermischte, der vermutlich von der Bodylotion stammte, mit der sie sich nach dem Duschen eingecremt hatte. Der Duft zog ihn an, unerbittlich, und sein Atem ging vor Spannung schneller. Er war hier, direkt hinter ihr, und kämpfte um Selbstbeherrschung.

Er würde sie nicht anfassen. Das würde er nicht tun. Er wollte sie einfach nur besser sehen können.

Ganz leicht winkelte Candy ihr Knie an. Ihr Rock rutschte noch ein Stück höher. Und dann sah er es. Die obere Kante ihres Strumpfes und den kleinen Haken, der ihn mit dem Strumpfhalter verband. Über dem Haken erkannte er den Strumpfhalter aus Spitze, der sich gegen die schimmernde, pfirsichfarbene Haut ihres Schenkels abhob.

Ihm stockte der Atem, und er legte den Kopf schräg. Auch er saß mit leicht gespreizten Beinen auf seinem Stuhl und legte nun die Hände zwischen seine Knie, während er sich noch ein Stück weiter herunterbeugte, bis er gefunden hatte, was er suchte …

In dieser Position konnte er ihr unter den Rock blicken. Zwar konnte er nicht viel erkennen, aber es war genug. Seine Augen folgten dem Strumpfhalter bis nach oben, ihren cremefarbenen Schenkel entlang bis zu ihrem Höschen. Es war aus schwarzer Spitze und hatte sich ein wenig nach rechts verschoben, so dass er einen kleinen Ausblick auf einige zarte Löckchen hatte, die unter dem Slip hervorblitzten.

»Jared?«

»Hm?« Er leckte sich über die Lippen. Es juckte ihn in den Fingern, sie zu berühren. Auf keinen Fall würde er aufhören, sie zu betrachten. Sie war so wunderschön und so vollkommen. Und er wollte sie so sehr, wie er noch nie zuvor eine Frau gewollt hatte.

Candy wandte sich ein Stück zu ihm um. »Wo bist du? Was machst du da?«

Er konnte ihr Gesicht nicht sehen, als sie sich umdrehte. Er schluckte schwer und wandte seine Augen nicht von der Innenseite ihrer Oberschenkel ab. Unfähig, eine Lüge über seine Lippen zu bringen, erwiderte er mit rauher Stimme: »Ich gucke dir unter den Rock.«

»Was?« Candy machte einen Satz nach vorn und beraubte ihn seiner Aussicht. Sie stieß gegen den Schreibtisch, wirbelte herum und lehnte sich, die Knie etwas gebeugt, gegen den Tisch.

Er sagte nichts. In einem Moment wie diesem gab es einfach nicht das Richtige zu sagen. Eine Entschuldigung war vermutlich angebracht.

Aber verdammt, er wollte sich nicht entschuldigen, denn er bereute nicht eine einzige Sekunde. Und sie würde spüren, dass er log. Die Lust in seinen Augen würde ihn verraten.

Candy presste ihre Hand vor die Brust. Sie starrte ihn an. Dann, ganz langsam, fiel die Spannung von ihr ab. Sie ließ die Hand wieder sinken und blickte ihn mit großen Augen an.

Fasziniert fragte sie: »Hat … hat dir gefallen, was du gesehen hast?«

Er fiel auf seinen Stuhl zurück, dass der fast umkippte. »O ja.«

Ein zufriedenes Lächeln huschte über ihr Gesicht. »Was magst du noch an mir? Du hast bis jetzt nicht geantwortet.«

Candy war augenscheinlich nicht wütend auf ihn. Vielmehr wirkte sie wie verzaubert. Seine Lust wuchs noch weiter – wenn das überhaupt möglich war.

Als er sie nun ansah – so blond, so umwerfend, gegen den Schreibtisch gelehnt und mit diesem aufmerksamen und zufriedenen Glanz in den Augen –, erwischte Jared sich mit einem Mal dabei, wie er Dinge aussprach, von denen er sich nicht hatte vorstellen können, sie jemals zu einer Frau zu sagen.

»Ich mag dein Lächeln, dein Lachen. Und ich mag es, wie du sprichst. Deine Sätze scheinen nie zu wissen, wann sie enden. Du bist klug, süß und lustig.«

In seinen Ohren klang das wie der größte Mist, den er je in seinem Leben von sich gegeben hatte – auch wenn alles stimmte. Doch Candy schien es zu gefallen, wenn er den weichen Ausdruck auf ihrem Gesicht und die zitternde Hand auf ihrer Brust richtig deutete.

Ein bisschen verlegen fügte er schroff hinzu: »Möchtest du noch etwas wissen?«

»Ja. Warum hat dich eigentlich noch keine Frau geschnappt und ist mit dir über alle Berge verschwunden?«

»Bis jetzt habe ich noch keine Frau gefunden, die sich vorstellen konnte, mit mir zusammenzuleben.«

Und es hatte ihn auch noch nie gestört. Bis jetzt. Zum ersten Mal, seit er sein teures Apartment gekauft hatte, machte der Gedanke daran ihn nicht glücklich.

»Wo lebst du?«, fragte sie, kreuzte die Beine und lehnte sich wieder an den Schreibtisch.

»Ich habe mir eine Wohnung in South Loop gekauft.« Wenn der Stuhl Rollen hätte, wäre er ein Stück zurückgewichen – weg von Candy. Doch der Stuhl stand fest und ließ sich nicht bewegen. »Bei welcher Frage sind wir?«

Der Wunsch, das Zimmer zu verlassen, war zurück. Mit zehnfacher Stärke. Noch eine halbe Stunde, und er würde vor ihr auf die Knie fallen und sie anflehen, ihn von seinen Qualen zu erlösen.

»Oh.« Sie schüttelte den Kopf. »Ich weiß es nicht mehr.«

Sie drehte sich um, und er versprach dem lieben Gott, von jetzt an jeden Sonntag seine Mutter anzurufen, wenn Candy sich nur nicht mehr vorbeugte.

Candy blieb aufrecht stehen, doch ihr verführerischer kleiner Po reizte ihn noch immer. Kurzerhand setzte er sich auf seine Hände, um sie unter Kontrolle zu behalten. Er streckte seine Beine aus, um das wachsende Problem in seiner Hose vielleicht in den Griff zu bekommen.

»Oh, wir müssen die nächste Frage überspringen.«

»Warum?« Nicht, dass es ihm etwas ausmachte oder er es wissen musste.

Candy wandte sich halb zu ihm um und schob dabei ihre Hüfte ein Stück in seine Richtung. Wie von allein befreiten sich seine Hände und wollten sie berühren. Beinahe hätte er seine Finger auf ihre Schenkel oberhalb ihrer Knie gelegt, konnte sich im letzten Moment jedoch gerade noch bremsen.

»Als Nächstes wollen sie wissen, wann wir zum ersten Mal Sex gehabt haben. Und wo.« Sie lächelte ihn an. Es war ein freches, vielsagendes Lächeln, das seinen Blutdruck in gefährliche Höhen trieb.

Er kannte die Antwort auf diese Frage.

Sie würden Sex haben. Jetzt. Im Büro ihres Chefs.

5. Kapitel

Candy bemerkte, wie sich Jareds Gesichtsausdruck veränderte. Ein Schatten legte sich über seine Augen, sein Atem ging flach, und er sah aus, als würde er Höllenqualen leiden.

Ein Blick unter seine Gürtellinie reichte, um zu wissen, warum. Seine Erektion war mehr als offensichtlich. Sie hatte sich aufgerichtet wie ein *Star-Wars*-Laserschwert.

Ein Schauer erfasste ihren Körper, weil sie wusste, dass *sie* der Grund für seine Erregung war. Sie hatte Jared angeturnt. Und, *wow,* er turnte sie genauso an.

»Nach dieser Frage kommt ein weiterer Bonustipp für mehr Romantik«, erklärte sie ihm und wartete nicht auf eine Antwort, da Jared sowieso so wirkte, als würde er kein Wort mehr herausbringen.

»Überspring das«, stieß er hervor, und seine Stimme klang schroff und rauh.

»Nein. Es könnte doch lustig sein.« Sie klickte das Fenster auf dem Bildschirm an. »Es ist ein Video.«

Noch immer ein wenig schwindelig von der Erkenntnis, dass Jared ihr Lächeln mochte, trat sie vom Schreibtisch zurück, während das Video auf dem Laptop lud.

Versehentlich landete ihr Absatz genau auf Jareds Fuß. Sie geriet ins Straucheln und versuchte verzweifelt, das Gleichgewicht zu halten. Mist, sie würde wenig damenhaft wie ein nasser Sack vor ihm auf den Boden plumpsen.

Mit den Armen rudernd, spürte sie plötzlich, wie Jareds starke Hände sie an der Taille griffen. Dann fiel sie ziemlich unsanft auf seinen Schoß. Direkt auf seine Erektion.

Himmel, es war eine wirklich imposante Erektion. Und sie drängte sich gegen ihren Po.

»Danke«, brachte Candy atemlos hervor und war sich bewusst, dass nicht ihr hilfloses Stolpern für ihre Atemlosigkeit verantwortlich war.

Ein undeutlicher Laut drang aus Jareds Mund. Candy wand sich auf Jareds Schoß und wollte gerade aufstehen, als das Video ihre Aufmerksamkeit fesselte.

Ein nacktes Pärchen in einer Badewanne war zu sehen. Emsig seiften sie sich gegenseitig ein. »Oh!«, war das Einzige, was Candy hervorbrachte, als eine Welle der Lust sie durchströmte.

Ganz ruhig saß sie auf Jareds Schoß, voller Angst, sich zu bewegen, und unsicher, was er von ihr erwartete. Sie wusste genau, was sie wollte – und Jareds Unterleib wollte offensichtlich dasselbe –, doch als sie seine Anspannung bemerkte, war sie sich nicht mehr sicher, ob sein Kopf seinem Körper zustimmte.

Ihre Beine lagen zwischen seinen. Ganz langsam verschränkte sie die Arme vor der Brust, entschlossen, sich nicht zu viel zu bewegen. Sie nahm seinen Duft wahr, die schwere, männliche Note seines Aftershaves. Sie konnte hören, wie er atmete. Und sie konnte seine durchtrainierten, angespannten Muskeln unter sich fühlen.

Seine Brust berührte ihren Rücken.

»Was, zum Teufel ...«, knurrte Jared und verstärkte den Griff um ihre Taille.

Seine Finger lagen direkt auf dem Bündchen ihres Rockes.

Eine kleine Bewegung, und er würde unter seinen Fingerspitzen, an der Stelle, wo ihre Bluse aus dem Rock gerutscht war, ihre nackte Haut spüren.

Candy beugte sich vor und las die Bildunterschrift zu dem Film. »›Eine großartige Art, sich zu entspannen und die Romantik wiederzubeleben, ist ein langes, sinnliches Schaumbad. Nehmen Sie sich die Zeit, den Körper des anderen zu erkunden. Das warme Wasser und der samtige Badeschaum wirken besonders anregend.‹«

In der Tat wirkte das Pärchen auf dem Computerbildschirm sehr entspannt. Die Frau war dem Mann zugewandt, saß auf seinem Schoß. Sie küssten sich leidenschaftlich, und ihre nackten Brüste berührten seinen Oberkörper. Zwar verdeckte der Badeschaum den Rest ihrer Körper, doch der Film verfehlte seine Wirkung nicht.

Es machte Candy verrückt, und sie wünschte sich, sie wäre mit Jared gemeinsam nass und eingeseift.

Die Frau bewegte sich auf und ab und brachte das Wasser um die beiden herum zum Schäumen, während ihr Keuchen Harolds Büro erfüllte.

»Sie scheinen Spaß zu haben«, bemerkte Candy, unfähig, ihren Blick abzuwenden.

Jareds Hände umklammerten ihre Taille. Sie hätte schwören können, dass seine Erektion an ihrem Po zu pulsieren begann, und sie verspürte das dringende Bedürfnis, sich zu ihm umzudrehen und ihn anzuflehen, mit ihr zu schlafen. Sie wollte genau das, was diese Frau gerade bekam.

»Candy, steh auf.«

»Was?« Enttäuschung ergriff sie, und vor Verlangen war ihr tatsächlich das Wasser im Mund zusammengelaufen. »Warum?«

»Weil es nicht richtig ist.« Er schob sie unsanft von seinem Schoß. »Es ist falsch. Wir sind hier in Harolds Büro.«

Trotz der Ernüchterung, die sich in ihr breitmachte, musste sie sich angesichts der Panik in seiner Stimme ein Lachen verkneifen. Und seine Worte erregten sie. Sie hatte gewusst, dass Jared anders war als die anderen. Statt sich zu nehmen, was er bekommen konnte, hielt er sich – wie es der Anstand gebot – zurück.

Wie es sich im Büro gehörte.

Angemessene Zurückhaltung.

Die sie selbst schon fast über Bord geworfen hätte.

Candy nahm an, dass Jared genau wie sie auf jemand Besonderen wartete. Er wartete auf die eine Frau, die hinter seinem Körper und seinen Kleidern den Menschen sah und sich für *ihn* interessierte.

Und diese Frau war sie, entschied sie. Ob es nun für einen Tag, eine Nacht oder länger war, wusste sie nicht. Aber sie wollte Jared, wollte ihn in sich spüren. Wenn nicht heute, dann bald. Sehr bald.

Widerwillig ließ sie sich von ihm von seinem Schoß schieben, bis sie schließlich wieder vor ihm stand. Sie drehte sich um und berührte mit ihren Knien seine. Versonnen strich sie sich das Haar aus dem Gesicht.

Sie musste ihn fragen. Sie wollte, dass er es aussprach. »Willst du mich, Jared?«

Ohne zu zögern, nickte er. »Ja. Das will ich. Seit dem Tag, als ich dich zum ersten Mal sah.«

Sie erschauerte, und Verlangen durchströmte ihren Körper. »Das ist noch etwas, das ich an dir mag. Ich mag es, dass du mich *magst,* bisher aber noch nichts in der Richtung unternommen hast.«

Sie machte einen Schritt nach vorn und spreizte die Beine, so dass sie seine Beine praktisch umschloss. »Ich will aber, dass du etwas tust. Und zwar jetzt.«

Er sagte kein Wort. Er tat nichts. Er saß einfach nur da, umklammerte mit den Händen die Armlehnen seines Stuhls und presste die Kiefer aufeinander. Gequält blickte er sie an.

»Falls du nicht lieber Frage elf hören möchtest«, sagte sie.

Candy wollte noch einen Kuss von ihm, und sie wollte, dass er sie um ein Date bat. Bis sie nicht eines von beidem bekommen hatte, würde sie den ganzen Tag so vor ihm stehen und ihm die beliebigen und vagen Fragen aus Harolds Online-Paarberatung vorlesen.

Sie warf einen Blick über ihre Schulter auf den Laptop. »Frage elf: Was ist dein Lieblingsduft?«

Gerade wollte sie über den Geruch von frisch gemähtem Rasen sprechen, von frisch gebackenem Apfelkuchen und dem Ozean, als Jared das Wort ergriff.

»Sex und Candy. Das rieche ich am liebsten.«

Hilfe.

Geschockt drehte sie sich um, um ihn anzusehen. Sie war sich sicher, dass sie sich verhört hatte. Aber sie hatte sich nicht verhört. Der lustvolle Ausdruck auf seinem Gesicht ließ keinen Zweifel daran, dass er genau wusste, was er gesagt hatte. Und dass er es auch so gemeint hatte.

Sie wurde feucht und wünschte sich, sie würde nicht mit so weit gespreizten Beinen vor dem Schreibtisch stehen. Der heiße, erregende Schmerz war kaum zu ertragen.

Doch sie nahm diesen Wunsch augenblicklich zurück, als Jared sich unvermittelt vorbeugte und seine warmen, starken Hände auf ihre Knie legte. Dann schob er ihren

Rock bis hinauf zu ihrer Taille. Sie war praktisch nackt – bis auf das Höschen, das nur ein paar Zentimeter von seinem Gesicht entfernt war.

Sein Atem kitzelte auf ihrer Haut. Sie bog den Rücken durch und hielt sich am Schreibtisch fest, damit sie nicht umfiel. Ihre Beine zitterten ein wenig, und das einzige Geräusch im Raum war ihr gemeinsames schnelles Atmen.

Jared lehnte sich nach vorn, bis er ganz nah an ihrem Höschen war, schloss die Augen und sog ihren Duft tief ein. »Hm. Ich kann es schon riechen.«

Candy wusste, dass sie verlegen sein, dunkelrot werden und einen Satz zurück machen sollte. Doch alles, was sie spürte, war die Lust, die heiß und heftig durch ihren gesamten Körper schoss. Sie fühlte sich unglaublich weiblich, stark und machtvoll. So etwas hatte sie noch nie zuvor empfunden.

Als seine Nase ihr Höschen streifte, legte Candy ihre Hände auf seine Schultern. Sie ergriff sein Hemd und zog voll verzweifelter Sehnsucht daran, stöhnte leise auf und warf den Kopf in den Nacken. Jared nahm sich Zeit, betrachtete sie eingehend. Mit den Daumen malte er Muster auf die Strümpfe oberhalb ihrer Knie. Ein- oder zweimal stockte ihm der Atem, aber ansonsten wirkte er vollkommen beherrscht.

Candy jedoch stand kurz davor, die Kontrolle zu verlieren und zu keuchen. Oder ihn anzuflehen. Oder sich gegen ihn zu drücken, so dass sein Mund genau die Stelle traf, wo sie es am meisten brauchte.

Er begann zu reden, die Augen noch immer auf sie gerichtet, die Finger leicht und langsam auf ihr bewegend: »Kann ich dich auch schmecken?«

War der Papst katholisch?

»O ja. Bitte.«

Candys Ungeduld hätte ihm beinahe sein letztes Fünkchen Selbstbeherrschung geraubt. Doch stattdessen atmete er tief durch und strich mit seinen Händen über ihre Strümpfe, ihre Schenkel hinauf, bis zu der nackten zarten Haut oberhalb der Strümpfe. Sie sehnte sich nach seiner Berührung, so wie auch er es genoss, sie anzufassen, und er konnte nicht verhindern, dass sich seiner Kehle ein Seufzen entrang.

Verdammt, sie war so schön. Weiblich und rosig. Und sie gehörte ihm. In diesem Moment. Der Blick unter ihren Rock, den er kurz vorher erhascht hatte, war ihr nicht gerecht geworden. Jetzt, fast nackt und direkt vor ihm, sah sie einfach wundervoll aus. Und sie duftete auch so.

Die blumige Note ihres Parfüms hatte sich mit dem moschusartigen Geruch ihrer Erregung vermischt. Sein Mund war trocken, und er war schärfer als jemals zuvor.

Mit einem Finger schob er die zarte Spitze ihres Höschens zur Seite und hielt es dort fest. Kleine, ermutigende Laute regneten auf ihn herab, und sie packte seine Schultern und zwickte ihm in die Haut.

Mit einem anderen Finger und dem Daumen spreizte Jared sie behutsam und strich die blonden Löckchen beiseite.

Diesmal war er es, der aufstöhnte. Verflucht, sie sah so gut aus. Und sie war so feucht. Sie war mehr als bereit.

Er fuhr mit der Zungenspitze über sie und schloss die Augen, als er ihre Hitze spürte und sie schmeckte. Irgendwo, tief in seinem Innern, hatte er sich diesen Moment seit Wochen vorgestellt. Doch es war besser, als er es sich je hätte erträumen können.

So wie das Erzittern, das durch Candys Körper ging, und der schrille Schrei, der sich ihr entrang. Er blickte nicht auf, leckte nur noch einmal langsam und genüsslich über ihre Lustperle. Dieses Mal klang ihr Schrei gedämpft, und er nahm an, dass sie sich daran erinnert hatte, wo sie waren und wie dünn die Holztür von Harolds Büro war.

Er strich weiter mit der Zunge über sie, schneller, rhythmischer, glitt in sie und wieder heraus. Er fühlte sich von ihr umhüllt, umschlossen von ihren Schenkeln und ihren Brüsten, die über seinem Kopf waren. Candy zerrte so heftig an seinem Hemd, dass es aus seiner Hose rutschte, als er sie schmeckte, roch, liebte.

Seine Zunge drang tiefer in sie, seine Finger schoben das Höschen weiter zur Seite, und mit der freien Hand streichelte er ihren Po. Der Slip war zwischen ihren Pobacken, und er zog ihn behutsam zurecht. Er erlaubte es seiner Hand, die Stelle zu erkunden, wo ihr Höschen gewesen war, und fuhr mit seinem Finger von hinten nach vorn, bis er ihn zusammen mit seiner Zunge in sie stieß.

Candy bog sich ihm entgegen, wand sich und stand kurz davor, ohne ihn zum Höhepunkt zu kommen.

Er löste sich von ihr, nahm Mund und Hände von ihr und atmete tief durch. Als er ihren überraschten Fluch hörte, musste er leise lachen. Bedächtig erhob er sich, leckte die Feuchte von Candys Körper von seinen Lippen und lächelte sie an.

»Mir ist gerade etwas eingefallen.«

»Was?« Sie keuchte, und ihre Augen glänzten. Jared war aufgestanden, und Candy musste sich wieder am Schreibtisch festhalten, da seine Schultern im Moment außerhalb ihrer Reichweite waren.

»Du hast erzählt, dass du es gernhast, wenn man deine Brüste anfasst. Vielleicht sollte ich das stattdessen tun.«

Die Enttäuschung darüber war offensichtlich, als sie den Kopf schüttelte und sagte: »Aber das, was du bis eben getan hast, hat mir eigentlich ganz gut gefallen.«

Jared legte seine Hände auf ihre Brüste und streichelte durch den Stoff der Bluse hindurch ihre Nippel.

Candy schloss die Augen. »Obwohl das auch gut ist …«

Da musste er ihr zustimmen. Schneller, als er es für möglich gehalten hätte, hatte er die Knöpfe ihrer weißen Bluse geöffnet und griff hinein, um ihre Brüste zu berühren.

Sie trug einen weißen BH aus Spitze. Es war ein überraschender Kontrast zu ihrem schwarzen Höschen. Als er ihre Nippel zwischen seine Finger nahm, sagte er: »Du Rebellin. Dein BH und dein Slip passen nicht zusammen.«

Die Augen halb geschlossen, murmelte sie: »Ich habe zuerst mein Höschen angezogen. Und dann ist mir aufgefallen, dass ich unter der weißen Bluse keinen schwarzen BH tragen kann.«

»Also bist du keine Rebellin?«, zog er sie auf und spreizte ihre Beine noch ein wenig, damit er seinen Oberschenkel dazwischenschieben konnte.

»Ist es nicht rebellisch, Sex im Büro seines Chefs zu haben?«

Jared presste sich an Candy und stellte missmutig fest, dass ihr Rock wieder über ihre Beine gerutscht war. Ihre Worte faszinierten ihn. Es war offensichtlich, dass es genau dazu kommen würde. Doch es laut ausgesprochen zu hören machte ihn nur noch schärfer.

»Tun wir das denn? Ich meine, Sex haben?«, brummte er.

»Irgendwie schon.«

Jared zog den BH herunter, um ihre vollen Brüste zu sehen, und nahm einen ihrer pinken Nippel in seinen Mund. Sacht saugte er daran. »Fein und süß.«

Candy vergrub ihre Finger in seinem Haar und zog daran.

Er legte seinen Kopf leicht in den Nacken. »Was sollen wir tun, damit es mehr als nur ›irgendwie‹ Sex ist?«

Gemächlich fuhr er mit der Zungenspitze über die Seite ihrer Brust, die aus dem BH hervorschaute. Er zwang sich dazu, langsam weiterzumachen, sich zu beherrschen und ihr nicht die Kleider vom Leib zu reißen, wie er es eigentlich wollte, um dann möglichst schnell und tief in sie zu dringen.

Ihre Hand glitt nach unten und streichelte ihn durch den Stoff seiner Hose. Ein Schauer jagte durch jede Zelle seines Körpers. »Candy?«

»Du magst es doch, hier berührt zu werden, oder?«

Er nickte stumm.

»Dann werde ich dich dort berühren. Und wenn ich damit fertig bin, können wir aus dem ›irgendwie‹ *richtigen* Sex machen, bei dem du in mir bist.«

Ja. Ja, ja, verflucht noch mal, ja.

»Wenn du das möchtest …«, sagte er.

»Dich berühren? Oder dich in mir spüren?« Sie hörte auf, ihn zu streicheln.

Verdammt, sie machte ihn noch wahnsinnig. »Beides«, brachte er hervor.

»Ja, das ist es, was ich will. Hier. Jetzt.«

Er wollte ihr gerade sagen, dass das die verflucht beste Idee war, die er je in seinem Leben gehört hatte, als sie seine Gürtelschnalle ergriff und öffnete, bevor er auch nur den

Mund aufmachen konnte. Mit geschickten Finger öffnete sie den Knopf seiner Hose und zog den Reißverschluss auf.

»Sehr wirkungsvoll«, murmelte er.

Candy lächelte. »Effizienz am Arbeitsplatz führt zu einer gesteigerten Produktivität.«

Er lachte. Doch sein Lachen ging in ein Stöhnen über, als sie ihre Hand in seine Hose schob und seinen harten Schwanz umschloss.

Sie drückte ihn behutsam.

Jared keuchte auf.

Als sie seine gesamte Länge streichelte, riss sie die Augen auf. »Oh, er ist so groß.«

Und er hatte ihr nicht einmal Geld gegeben, damit sie das sagte.

Bei jeder anderen Frau hätten diese Worte vermutlich unaufrichtig geklungen, aber nicht bei Candy. Niemand konnte diese ehrliche Freude auf ihrem Gesicht oder die Art, wie sie mit sich kämpfte, um die Augen nicht vor Genuss zu schließen, einfach so vorspielen.

Ihm schoss noch der Gedanke durch den Kopf, dass er Candy vertrauen konnte, bevor er nicht mehr klar denken konnte.

»Fühlt sich das gut an?«

Sie hatte das Tempo erhöht und streichelte leicht und aufreizend rauf und runter. *Gut* war die Untertreibung des Jahres.

Noch besser als das hier, und er würde kommen, bevor es überhaupt begonnen hatte. »Ja, aber …«

Sie schob die Hand noch ein bisschen tiefer.

O Gott, nein, nicht die Eier, schoss es Jared durch den Kopf.

»Candy, ich …«

Scheiße, jetzt streichelte sie ihn mit beiden Händen.

»Was ist, Jared?«

Er musste sich zusammenreißen, um zu sprechen. »Ich habe ein Kondom in meiner Brieftasche. Lass es mich holen.«

Sie hielt inne.

Er spürte Panik in sich aufsteigen. Wenn sie jetzt nein sagte, würde er anfangen zu weinen wie ein Baby.

Sie zog ihre Hände aus seiner Hose und legte sie auf seine Brust. Dann küsste sie ihn auf die Wange. Ihre vollen, warmen Lippen strichen nur ganz leicht über seine Haut.

Keine Frau – außer seiner Mutter – hatte ihn jemals auf die Wange geküsst.

Eine seltsame Zärtlichkeit überkam ihn, und mit einem Mal war sein drängendes Verlangen ruhiggestellt. Er atmete tief durch und wartete geduldig auf Candys Entscheidung, wie der nächste Schritt aussehen sollte.

Wenn sie ihre Meinung geändert hätte, würde er das akzeptieren und ihren Wunsch respektieren.

»In welcher Tasche ist dein Portemonnaie?«, fragte sie.

Dass sie ihre Meinung offenbar nicht geändert hatte, war allerdings noch viel besser.

»In der linken Tasche.« Er wollte nach seiner Jacke greifen, aber Candy hielt ihn zurück.

»Nein, ich hole es.«

Sie kramte in seiner Jacketttasche herum, suchte hier, suchte da. Ihre kleinen, verlockenden Bewegungen machten ihn beinahe verrückt.

Schließlich hielt sie das Portemonnaie in die Höhe und

lächelte. Sie wirkte selbstbewusst und sicher. »In welchem Fach?«

»Das weiß ich nicht.« Es war irgendwo da drin und musste schon ziemlich verstaubt sein.

Er beobachtete, wie sie seine Brieftasche durchwühlte und kurz innehielt, um sich seinen Führerschein anzusehen.

»Willst du prüfen, ob ich auch derjenige bin, für den ich mich ausgegeben habe?«, fragte er belustigt.

»Ich möchte wissen, wie alt du bist. Einunddreißig, wenn meine Mathekenntnisse mich nicht völlig im Stich lassen. Und ich konnte es nicht lassen, mir dein Foto anzuschauen. Du siehst perfekt aus – wie immer.«

Es hätte ein Kompliment sein können, doch die Art, wie sie die Nase kräuselte, gab ihren Worten einen negativen Beigeschmack. »Und das gefällt dir nicht?«

»Doch. Mir gefällt es, dass du immer so gepflegt und aufgeräumt bist. Aber, Himmel, Jared, es ist echt hart, neben dir zu bestehen.« Sie fand das Kondom und nahm es heraus. »Ich wirke dagegen ständig so zerstreut. *Da* kann ich nicht mit dir konkurrieren.«

Zerstreut? Nannte sie es so? Er hätte gedacht, dass *blonde Sexbombe* ein besserer Ausdruck wäre, um sie zu beschreiben.

»Ich liebe dein Aussehen.« Er strich ihr das Haar aus dem Gesicht. »Dein wundervoller Körper und dein Verstand – zusammen sind sie gefährlich. Du bist umwerfend, Candy. Und jetzt gib mir das Kondom.«

Candy betrachtete Jared mit einer Mischung aus Ungläubigkeit und etwas, das sich verdächtig wie Hoffnung anfühlte. Sie wusste, wann Männer sie anlogen, wann sie ihr genau das sagten, was sie hören wollte. Die Hälfte aller Unterhaltungen, die sie in ihrem Leben geführt hatte, hatte vorwiegend aus nichtssagenden Komplimenten bestanden, mit denen man sie ins Bett locken wollte.

Jared sagte die Wahrheit. Er hielt sie für klug.

Wenn sie nicht sowieso vorgehabt hätte, mit ihm zu schlafen, hätte sie es nach diesen Worten auf jeden Fall getan.

Sie riss die Verpackung des Kondoms auf und sagte: »Ich habe es schon.«

Sein Blick verfinsterte sich. »Okay. Aber bevor du das tust …«

Plötzlich spürte sie seine Hände unter ihrem Rock. Bevor sie auch nur blinzeln konnte, hatte er ihr Höschen bis zu ihren Knien heruntergeschoben und zog es weiter ihre Beine hinab, bis es auf dem Boden lag. Für einige Sekunden ruhten seine Hände auf ihrem nackten Po, bevor er sich von ihr löste.

Ihr Mund war heiß und feucht. Ungeduldig streckte sie die Arme aus und streifte ihm mit zitternden Fingern das Kondom über. Dass er groß war, war keine Übertreibung gewesen. Jared war offensichtlich ziemlich gut bestückt, und sie lenkte sich selbst ab, indem sie noch einmal mit den Händen über ihn strich und seine heiße Haut berührte.

Das Kondom blieb hängen, ließ sich nicht problemlos abrollen, und sie benötigte drei Versuche, bis sie es ihm schließlich übergezogen hatte. Sie schob sich das Haar aus den Augen.

Jared überraschte sie mit einem langen, intensiven Kuss, der ihr die letzten Hemmungen nahm. Als er ihr Gesicht in seinen Händen hielt und sich seine Erektion gegen sie drängte, stöhnte sie: »Jetzt. Bitte.«

Er schob ihren Rock zur Seite und drang ohne Vorwarnung mit dem Finger in sie ein. Ein Schauer überlief sie.

»Du bist so schön und so feucht. Bist du bereit für mich?«

Seit dem Augenblick, als wir das Büro betreten haben. »O ja.«

Jared drängte sie dazu, einen Schritt zurück zu machen, so dass sie an Harolds Schreibtisch gelehnt stand – sie spürte die kühle Oberfläche an ihrem Po. Dann spreizte er ihre Beine und glitt mit einem schnellen Stoß in sie.

Er erfüllte sie vollkommen, dehnte sie, und Candy seufzte wieder: »O ja!«

Einen Moment lang standen sie einfach nur da. Jared hatte seinen Kopf gesenkt, und Candy vergrub ihre Fingernägel in seinen Armen. Sie konnte spüren, wie er in ihr pulsierte, und sie sehnte sich nach mehr als diesem Reiz, nach mehr, als ihn nur zu fühlen.

Jared hatte offenbar dieselbe Idee gehabt. Er begann, sich zu bewegen. Langsam. Rein und wieder raus, bis Candy ihre Arme sinken ließ und den Kopf in den Nacken legte. Sie erwiderte seine Stöße nicht, sondern lehnte sich nur zurück und überließ ihm die Führung. Bedächtig und tief glitt er in sie, beugte sich dann vor und leckte mit der Zunge über ihre Nippel.

Sie bemerkte kaum die harte, kühle Oberfläche des Schreibtisches an ihrem Po, und schlang ein Bein um seine Knie, damit sie nicht das Gleichgewicht verlor, als er sich nun schneller in ihr bewegte.

Ihre anfängliche Entspannung wich, und sie war wie gefesselt, als er mit seinen Händen um sie herum an ihren Po griff und härter, drängender, rauher in sie stieß. Sie biss sich auf die Lippen, um die Schreie zu unterdrücken, die sie eigentlich ausstoßen wollte. Ihr Keuchen vermischte sich miteinander, während Jared sie allmählich dem gemeinsamen Höhepunkt näher brachte.

Eigentlich hätte sie ihm sagen sollen, nicht so schnell zu machen, eigentlich hätten sie dieses erste Mal zusammen voll auskosten sollen – doch ihr Körper wollte davon anscheinend nichts wissen. Ihre Hüften begannen beinahe wie von selbst, seine Stöße zu erwidern, und kamen Jared entgegen.

Das Geräusch von nackter Haut, die wie im Rausch aufeinandertraf, ließ sie schließlich kommen – zusammen mit dem Ausdruck auf Jareds Gesicht, als auch er zum Orgasmus kam. Candy hielt sich am Schreibtisch fest und spürte, wie ihr Erschauern sich mit Jareds vermischte, während sie den Höhepunkt erlebten.

Der Orgasmus war schnell, hart, riss sie beinahe schmerzvoll mit, und sie schrie auf, als die Welle allmählich abebbte und ein letzter Schauer über ihren Rücken jagte.

Candy konnte sich nicht bewegen. Sie war überwältigt von ihrer explosiven Reaktion auf Jared. Der Mann war gut.

Er schmiegte sich an sie, atmete schwer und drückte sie mit seinem Gewicht auf den Schreibtisch.

»Ich falle!«, brachte sie hervor, suchte nach Halt und stieß dabei mit der Hand gegen den Laptop.

Jareds starke Arme verhinderten, dass sie fiel.

»Entschuldige.«

Jared machte einen Schritt nach hinten, zog sich aus ihr zurück, und Candy schloss unwillkürlich die Augen, als er sich von ihr löste. Sie mochte das Gefühl, ihn an ihrem Körper zu spüren, groß und stark, ganz nah, und sie war enttäuscht, dass es vorbei war. Doch im nächsten Moment lehnte er sich wieder an sie und küsste sie sacht auf die Wange. Dieser Ausdruck in seinen Augen – triumphierend und entspannt – stand ihm auch gut.

Er strich ihren Rock wieder glatt, und ein Lächeln umspielte seine Mundwinkel. »Verdammt, ich kann nicht glauben, dass wir es gerade in Harolds Büro getan haben.«

Sie erwiderte sein Lächeln. »Oh, ich kann es glauben. Der Abdruck von seinem Schreibtisch an meinem Hintern beweist es.«

Besorgnis spiegelte sich auf seinem Gesicht wider, und sie schmolz regelrecht dahin. »Geht es dir gut, Babe?«

Sie nickte und versuchte, für sich zu entscheiden, ob »Babe« nun als zärtliches Kosewort durchging oder nicht. »Mir geht es gut.«

»Wir müssen verrückt geworden sein.« Jared hauchte ihr einen liebevollen Kuss auf die Stirn und deutete an sich hinab. »Und was, zur Hölle, soll ich jetzt mit dem benutzten Kondom machen? Soll ich es in Harolds Mülleimer werfen?«

Gute Frage. Argwöhnisch betrachtete sie das Kondom, das er nun abstreifte. »Du musst es erst einmal in deine Tasche stecken, fürchte ich.«

Als sie das Entsetzen auf seinem Gesicht sah, musste sie lachen.

»Und dann soll ich es den ganzen Tag mit mir herumtragen?«

»Nein. Nur bis du in deinem Büro bist. Dann kannst du es in deinen Mülleimer werfen.«

»Die Putzfrau wird denken, dass ich ein Perversling bin.«

Candy machte die Knöpfe ihrer Bluse zu. »Tja, dann wickele es doch in ein paar Taschentücher ein.« Sie zog sechs Taschentücher aus dem Spender auf Harolds Schreibtisch. »Hier hast du welche.«

Mit widerwillig verzogenem Mund nahm Jared sie entgegen und wickelte das Kondom darin ein. »Das ist der Preis der Spontaneität, denke ich.«

Er drückte sie noch immer gegen den Schreibtisch, und so versuchte sie, sich um ihn herumzuschlängeln, als er das eingewickelte Kondom nun in seine Tasche schob.

Doch bevor sie sich an ihm vorbeischieben konnte, packte Jared ihren Arm und machte einen Schritt zur Seite, so dass sie wieder zwischen seinen Beinen gefangen war. »Wohin willst du?«

»Ich will mein Höschen vom Boden aufheben.«

Sie erwartete eigentlich, dass er grinsen würde, doch er tat es nicht. Er hielt sie fest. »Sehen wir uns heute Abend?«

Candy konnte nicht verhindern, dass sie anfing zu lächeln. Er hatte sie nicht nur um ein Date gebeten, sondern sah aus, als wäre ihm ihre Antwort wirklich wichtig.

»Ja. Und jetzt lass mich los, damit ich mein Höschen anziehen kann, bevor wir am Ende noch erwischt werden.«

In dem Moment klopfte es an der Tür, und Harolds Stimme erklang: »Wie läuft es bei Ihnen?«

6. Kapitel

»Heilige Scheiße«, stieß Jared hervor. Er zog den Reißverschluss seiner Hose hoch, entfernte sich ein paar Schritte von Candy und stolperte dabei fast über den Stuhl, der neben ihm stand. »Wir haben nicht einmal abgeschlossen.«

Er war so gut wie tot. Harold hatte ihn gebeten, seine Differenzen mit Candy beizulegen, und nicht, mit ihr zu schlafen. Während der Arbeitszeit.

Der Türknauf wurde gedreht. Jared warf einen Blick auf Candy. Panik flammte in ihren Augen auf, und sie war wie erstarrt. Ihr Haar stand zerzaust vom Kopf ab, und ihre Bluse war falsch zugeknöpft, so dass in der Mitte ein riesiges Loch klaffte, durch das ihre rosige Haut hervorblitzte.

Keiner von ihnen trug seine Jacke, und im Raum hing der süßliche Geruch nach Sex. An das Kondom in seiner Tasche wollte er gar nicht erst denken.

In einem letzten Versuch, das Unvermeidliche vielleicht doch noch abzuwenden, räusperte er sich und rief möglichst unbefangen: »Äh, bei uns läuft es großartig. Nur noch fünf Minuten, Harold.«

Candys schwarzes Höschen aus Spitze lag noch immer auf dem Fußboden.

»Zieh deinen Slip an«, flüsterte er.

Sie machte einen Satz nach vorn und griff sich ihre Unterhose, als die Tür sich einen Spaltbreit öffnete – und

Harold dann doch dahinter verharrte. »Oh, Sie sind noch nicht fertig?«, erklang seine Stimme.

»Noch nicht ganz.« Jared zog sich sein Jackett über und fuhr sich mit gespreizten Fingern durchs Haar.

Hektisch stopfte Candy sich das Höschen unter den elastischen Bund ihres Rockes.

»Gut, dann sagen Sie mir doch einfach Bescheid, wenn Sie so weit sind.«

Harold pfiff, als er die Tür nun wieder ins Schloss zog, und ging den Flur hinunter.

Die Übelkeit, die Jared verspürt hatte, ließ allmählich wieder nach. »Scheiße, das war knapp.«

Candy holte ihr Höschen hervor. »Pass auf die Tür auf, während ich mich anziehe.«

Jared malte sich aus, wie sie mit einem Bein in ihrem Slip im Büro herumhüpfte und Harold just in dem Moment die Tür aufstieß. »Lass es einfach sein und steck den Schlüpfer in deine Jackentasche.«

Sie blickte ihn an, als hätte er ihr gerade offenbart, dass er ab jetzt Frauenkleider zu tragen gedachte.

»Niemals! Ich kann ja wohl schlecht den ganzen Tag in Strümpfen und Strumpfhaltern, aber ohne Höschen herumlaufen. Das wäre erstens unangenehm und zweitens hätte ich das Gefühl, dass jeder es mir ansehen könnte.« Sie schlüpfte aus ihren High Heels, stieg hastig in ihren Slip und zog ihn ihre Beine hinauf.

Während Jared ihr dabei zusah, stellte er sich vor, wie sie in ihrem Büro saß und unter ihrem Rock kein Höschen anhatte.

Wenn sie sich im Schreibtischsessel zurücklehnen würde, würden ihre zarten Löckchen am Stoff ihres Rockes reiben.

Und niemand wüsste es – außer ihm. Wenn er nur daran dachte, wurde er schon wieder hart.

Candy zog ihre High Heels und ihre Jacke wieder an. »Wir müssen noch den Beratungstest zu Ende machen, bevor Harold zurückkommt«, sagte sie und strich sich das Haar glatt.

Richtig. Aus dem Grunde waren sie eigentlich hier. Irgendwie musste ihm das entfallen sein.

»Candy, der Bildschirm ist schwarz.«

Sie wirbelte herum. »Was? Oh, mein Gott! Wir haben aus Versehen den Stecker des Rechners gezogen.«

Wenn er an den Sex auf dem Schreibtisch, die heftigen Bewegungen, die Arme und Hände dachte, die überall gewesen waren, überraschte ihn das nicht. »Warum benutzt Harold nicht zusätzlich einen Akku? Wie blöd ist das denn?«

Candy schloss den Laptop an und fuhr ihn wieder hoch. Jared war kurz abgelenkt von Candys heißem kleinen Po, der verführerisch vor ihm hin und her wackelte, als sie sich bückte, um den Stecker in die Dose zu schieben.

»Vielleicht ist es besser so. Wir können uns den Rest der dummen Fragen sparen und sagen Harold einfach, dass der Rechner abgestürzt ist.«

Skeptisch blickte sie ihn an, doch er zog sie nur in seine Arme und küsste sie voller Leidenschaft, bis sie sich schließlich wieder entspannte.

»Hm«, seufzte sie.

»Du nimmst mir die Worte aus dem Mund.« Er hielt sie fest, als sie versuchte, sich von ihm zu lösen, um zur Tür zu gehen.

»Heute Abend um sieben? Ich hole dich ab.« Er würde sie

nicht aus diesem Büro lassen, bevor sie ihm nicht versprochen hatte, dass sie ihn wiedersehen würde.

»Okay.«

»Gut. Du gehst am besten zuerst raus. Ich suche in der Zwischenzeit Harold und sage ihm, dass wir unsere Probleme gelöst haben und dass sein Karma jetzt endlich wieder positiv ist.«

Sie lächelte, als sie vor der Tür noch einmal anhielten. »Ich mag dein Karma.«

»Wo das herkommt, gibt es noch mehr.« Und weil er nicht widerstehen konnte, drückte er ihren süßen Po, strich an ihrem Rock entlang und schob einen Finger zwischen ihre Beine.

Sie schloss die Augen. »Oh, hör auf, Jared.«

»Tut mir leid.« *Natürlich nicht.*

Jared öffnete die Tür. Und als Candy beschwingt aus dem Büro trat, lief sie Harold direkt in die Arme. »Oh! Harold.«

O Gott, sie sah bestimmt mehr als schuldbewusst aus.

Und Harold musterte sie *viel* zu genau.

»Ist alles in Ordnung?«, fragte er.

»Wunderbar. Großartig.« Sie räusperte sich und fuhr sich durch ihr blondes Haar, das mit Sicherheit wirr in alle Richtungen abstand. »Wow, was für eine tolle Idee, Harold. Diese Beratung hat alle trennenden Grenzen durchbrochen und Jared und mich wirklich auf ein ganz neues … Level des gegenseitigen Verstehens gebracht.«

Was redete sie denn da? Sie verstummte, als sie hörte, wie Jared zu husten begann, um ein Lachen zu verbergen.

Harold wirkte noch immer überrascht, aber er lächelte. »Also haben Sie die Sitzung erfolgreich beendet?«

Jared ergriff das Wort. »Tatsächlich waren wir zwei Fragen *vor* dem Ende, als Ihr Laptop abgestürzt ist, Harold.« Er zuckte die Achseln. »Da kann man nichts machen. Wir haben das Abschlusszertifikat also nicht bekommen.«

Candy wollte sich um Harold herumschleichen und achtete darauf, seine Lederhose nicht zu berühren.

»Was? Kein Zertifikat?« Harold zog einen Schmollmund, was an einem fünfzigjährigen, fast kahlköpfigen Mann nicht besonders vorteilhaft aussah. »Aber wie kann ich dann sicher sein, dass Sie die Beratung auch tatsächlich mitgemacht haben? Es könnte doch genauso gut sein, dass Sie die letzten zwei Stunden im Internet *Dame* gespielt haben.«

Wohl eher *Twister* – und zwar nackt. Candy wusste nicht, was sie sagen sollte, und ging ganz langsam weiter den Flur entlang. Ihr fiel auf, dass einige der Kollegen neugierig den Kopf aus der Tür gesteckt hatten.

»Ich kann Ihnen versichern, dass wir nicht *Dame* gespielt haben«, sagte Jared ernst. »Und Sie können das Resultat der Beratung sehen, wenn wir Ihnen nächste Woche die komplett ausgearbeitete Werbekampagne für *Chunk o' Chocolate* präsentieren. Wir werden noch heute Abend mit der Arbeit beginnen.«

»Heute Abend? Sie machen Überstunden?« Harold blickte erstaunt auf – vermutlich verblüfft über die Tatsache, dass seine Angestellten unbezahlte Überstunden in Kauf nahmen.

»Ja, wenn es sein muss, werden wir die ganze Nacht lang arbeiten«, versicherte Jared.

Bevor sie es verhindern konnte, entfuhr Candy ein unterdrücktes Stöhnen.

»Geht es Ihnen gut, Candy?« Harold wandte ihr den Blick zu.

Sie wagte es nicht, Jared anzusehen.

Sie blinzelte Harold zu und fuhr sich mit der Hand über den Nacken. »Nein, ich habe irgendwie einen Frosch im Hals. Entschuldigen Sie mich? Ich würde gern einen Schluck Wasser trinken.«

Ohne auf die Antwort zu warten, verschwand sie und hastete auf unsicheren Beinen den Flur entlang. Ihr erster Weg führte sie zum Damen-WC.

Jane aus der Buchhaltung ging gerade mit einem Stapel Post in der Hand den Korridor hinunter. Sie schloss zu Candy auf.

»Wie war Harolds seltsame Online-Beratung?«, flüsterte Jane.

Da Jane bei *Stratford Marketing* zu den wenigen Frauen gehörte, die nett zu ihr waren, konnte Candy sie nicht einfach abwimmeln – auch wenn sie sich im Augenblick nichts mehr wünschte.

Schief lächelte sie ihr zu. »Es war nicht so seltsam, wie ich es vermutet hätte.«

Jane schob sich ihr dunkles Haar über die Schultern und grinste. »Wenigstens konntest du die Beratung in der Gesellschaft von einem heißen Typ wie Jared Kincaid machen. Bei meinem Glück hätte Harold mich bestimmt mit dem größten Idioten der Firma zusammengesteckt.«

O Gott, Candy spürte, wie sie rot wurde. Sie konnte fühlen, wie die Hitze sich auf ihren Wangen ausbreitete. »Ich habe darin nichts weiter gesehen als einen ganz normalen Arbeitsauftrag.«

Ja, genau. Wenn sie eine Prostituierte wäre, vielleicht.

»Und wie ist Jared so? Ist er wirklich der coole Kerl, der er nach außen hin zu sein scheint?«

Cool war nicht das Wort, das Candy zuerst einfiel, wenn sie an Jared dachte.

»Er war sehr ... entgegenkommend.« Candy presste das Wort hervor, als sie vor der Damentoilette stehen blieb. »Entschuldige mich, Jane. Ich muss mal kurz verschwinden.«

Jane hielt neben ihr an und schmunzelte. »Tja, wenn du gerade dabei bist, könntest du vielleicht auch deine Bluse richtig zuknöpfen. Während eurer Paartherapie scheint sie ein bisschen ... gelitten zu haben.« Damit zwinkerte sie Candy vergnügt zu und ging weiter.

Entsetzt blickte Candy an sich herab. Ziemlich viel von ihrem Bauch blitzte durch ein Loch in der Mitte der Bluse hervor, das etwa die Ausmaße der *Titanic* hatte.

Harold schien das nicht aufgefallen zu sein.

Vielleicht ging es mit seinen Augen ebenso bergab wie mit seinen Haaren.

Hastig zerrte sie die Bluse über ihrem Bauch zusammen, schob die Tür zur Damentoilette auf und fragte sich, wie lange es wohl noch dauern mochte, bis auch der letzte Angestellte der Firma in den Feierabend gegangen wäre.

Vielleicht war es besser, wenn sie sich bis dahin auf dem Klo versteckte.

Jared wusste nicht, was er verdammt noch mal eigentlich machte.

Alles war ihm viel leichter vorgekommen, als er und Candy halbnackt und stöhnend in Harolds Büro zusammen gewesen waren.

Jetzt war alles wahnsinnig kompliziert.

Candy hatte ihn den Rest des Tages über gemieden, und

er war unfähig gewesen zu arbeiten, weil seine Gefühle verrücktgespielt hatten. Gefühle, die ihm etwa genauso willkommen waren wie ein Magen-Darm-Infekt.

Gefühle, bei denen er nun draußen vor ihrem Apartment in seinem Wollmantel ins Schwitzen geriet, als wäre es Juli.

Als er klingelte, fragte er sich, warum Candy zugestimmt hatte, ihn heute Abend zu treffen. Und er fragte sich, warum er zugestimmt hatte, Candy heute Abend zu treffen. Er wusste weder, was er selbst wollte, noch, was sie wollte.

Abgesehen von Sex natürlich. Falls sie noch mehr davon wollte. Und warum, zum Teufel, beschäftigte ihn das überhaupt so sehr?

Candy öffnete die Tür und lächelte ihm schüchtern zu. »Hi.«

Oh, verdammt. Sie trug Jeans, die ihre Hüften und ihren runden Po perfekt zur Geltung brachten. Ein roter Rollkragenpullover schmiegte sich an ihre Brüste und gab den Blick auf ihren Bauchnabel frei, als sie nun die Hand hob, um sich durchs Haar zu streichen.

Der Anblick ihrer Haut machte ihn benommen – und erregte ihn. Und er weckte in ihm den Wunsch, sie besitzen zu wollen. Er wollte nicht, dass jemand außer ihm Candys Haut zu sehen bekam.

Es war derselbe Pullover, den sie auch an dem Tag getragen hatte, als sie sich zum ersten Mal begegnet waren, und er verlieh ihrem Gesicht einen goldenen Schimmer. Sie hatte einen glänzenden, feucht glitzernden Lippenstift aufgelegt, und er wünschte sich nichts mehr, als ihn zu schmecken, ihn sanft und Stück für Stück abzulecken.

Nach einer kleinen, verlegenen Pause fand er seine Sprache wieder. »Hi. Du siehst toll aus.«

Oh, das war ja ein wirklich originelles Kompliment.

»Danke. Möchtest du reinkommen, oder hast du dir überlegt, dass wir irgendwo hingehen?« Candy verschränkte die Hände hinter dem Rücken und wippte auf ihren Füßen, die in sexy, zierlichen schwarzen Stiefelchen steckten, auf und ab.

»Genau genommen sollten wir los. Ich habe Pläne fürs Dinner.«

Ein Anflug von Panik huschte über ihr Gesicht. »Für ein Dinner bin ich nicht richtig angezogen.«

»Keine Sorge, es wird ganz locker – nichts Übertriebenes.« Und glücklicherweise war der Ort, an den er dachte, nicht weit weg. Tatsächlich war seine Wohnung nämlich nur etwa zwanzig Minuten von Candys Apartment entfernt.

»Oh, okay. Ich hole nur schnell meinen Mantel. Komm doch so lange rein.« Sie drehte sich um und verschwand in der Wohnung. »Brauche ich die Akte für *Chunk o' Chocolate?* Oder hast du Kopien?«

Süß, wie naiv sie war. Glaubte sie wirklich, dass sie arbeiten würden? Er hatte sich über die Jahre schon vieles anhören müssen, und einiges davon stimmte vermutlich, aber ganz sicher war er nicht dumm. Wer auch immer idiotisch genug war, darüber zu reden, wie man Schokolade an den Mann brachte, während er sich mit Candy Appleton allein in seinem Apartment aufhielt – Jared war es jedenfalls nicht.

»Ich habe Kopien.« *Im Schreibtisch im Büro.*

Jared trat in ihr Wohnzimmer und war augenblicklich geblendet von den zahlreichen Blumenmustern, die ihn umgaben. Gott, Candy hatte praktisch eine blühende Wiese in ihrem Wohnzimmer. Die unterschiedlichen wilden

Muster zierten ein Sofa, einen Zweisitzer und einen dick gepolsterten Sessel.

Knallrote Mohnblüten schmückten die Vorhänge, und jeder Tisch war vollgestellt mit kleinen Dingen, von denen er nicht einmal den Namen kannte. Dinge wie winzige Korbsessel, in deren Sitz Blumen gepflanzt waren, und Kätzchen aus Holz. Auf dem Couchtisch stand eine Schale mit Zitronen, neben der eine Kugel aus orangefarbenem Fell lag – vermutlich eine echte Katze, die ein Nickerchen machte.

Er stellte sich vor, dass die Vorhänge mit den Mohnblumen in seinem Apartment hingen, und schauderte. Nicht, dass er wollte, dass Candy bei ihm einzog oder so. Aber seine Liebe endete bei hässlichen Vorhängen.

Beim L-Wort stutzte er. Was, zur Hölle, dachte er sich eigentlich? Er *liebte* sie doch nicht. Er war an ihr interessiert. Er wollte sie kennenlernen. Und er bewunderte ihren Verstand und ihre Brüste. Aber das hatte nicht das Geringste mit Liebe zu tun.

Oder?

Jared sah zu, wie Candy ihre Arme in einen flauschigen karamellfarbenen Mantel mit einem riesigen weißen Fellkragen schob, der ihr Gesicht umrahmte.

Er kannte sie nicht einmal.

Sie lächelte. »Ich bin fertig«, sagte sie mit einer atemlos klingenden, verführerischen Stimme.

Er wusste, dass sie für ihn nichts als Schwierigkeiten bedeuten würde. Aber manchmal machte es einfach einen Riesenspaß, in Schwierigkeiten zu geraten.

»Stimmt etwas nicht, Jared?«

»Nein, alles in Ordnung. Warum fragst du?«

Als sie die Schultern zuckte, verschwand ihr Gesicht beinahe in dem dicken Fellkragen. »Du wirkst irgendwie ernst. Ich dachte nur, dass du möglicherweise ein bisschen verlegen bist, weil wir in Harolds Büro rumgemacht haben.«

Rumgemacht? Er war sich ziemlich sicher, dass sie ihn gerade beleidigt hatte.

»Als ›rummachen‹ würde ich es nicht bezeichnen. Und ich bin nicht verlegen. Mich bringt so schnell nichts in Verlegenheit. Vor allem nicht, wenn es mir Spaß macht, mit dir zusammen zu sein, und ich es jederzeit wieder tun würde.« Er war sich bewusst, dass er die Stimme erhoben hatte, aber Scheiße, er konnte nichts dagegen tun.

Himmel noch mal, *rummachen.*

Candy streckte den Arm aus, legte ihre warme kleine Hand auf seine Wange und streichelte ihn mit ihrem Daumen. »Ich würde es auch wieder tun.«

Sein Ärger verschwand zusammen mit dem Rest seines sowieso unerheblichen Widerstandes. »Gut«, brummte er.

Candy sah ihn an und begann zu begreifen, dass Jared nach außen hin viel härter wirkte, als er in Wirklichkeit war. Hinter dem kühlen Blick und den scharfen Worten, die er manchmal aussprach, verbarg er seine Gefühle.

Und zwanzig Minuten später, als sie in sein Apartment kam, wurde ihr noch etwas klar: Er war nicht nur gefühlvoll, sondern auch verdammt romantisch.

Er hatte ihre Vorstellung eines perfekten Abends umgesetzt – bis hin zu seiner eigenen Ergänzung eines prasselnden Kaminfeuers.

O Gott. Wenn sie nicht schon vorher fast verloren gewesen wäre – der Tisch, der für zwei gedeckt war, der kühle Wein und die Duftkerzen, die brannten, hätten sie ganz sicher überzeugt. Es fühlte sich beinahe so an, als würde sie sich in Jared verlieben.

Was natürlich verrückt war, denn sie hatte ihn eigentlich nur benutzen wollen, um mal wieder ein wenig sorglosen, guten Sex zu haben. Aber dieser dumme Kerl hatte ihr offensichtlich zugehört, als sie über sich gesprochen hatte. Sie war sich nicht sicher, ob außer ihrem Stiefvater jemals ein Mann auch nur ein einziges Wort gehört hatte, das sie gesagt hatte – abgesehen von beruflichen Themen.

Dean, ihr Ex-Mann, hatte ihr verdammt noch mal nie zugehört.

»Oh, Jared. Du hättest dir doch nicht so viele Umstände machen müssen.« Obwohl sie sich selbstverständlich darüber freute, dass er es getan hatte.

»Aber es hat doch keine Umstände gemacht.«

Für einen Mann, der behauptete, dass ihn so leicht nichts in Verlegenheit brachte, täuschte er das schamhafte Erröten ziemlich überzeugend vor.

Und das machte ihn nur noch hinreißender.

Jared trug eine lässige schwarze Hose und ein himmelblaues Hemd, das seine blauen Augen gegen sein dunkles Haar noch stärker strahlen ließ. Er hatte einen eleganten, dezenten Stil und sah immer gut aus, ohne allerdings Gefahr zu laufen, eitel zu wirken.

Er nahm eine Fernbedienung in die Hand und machte die Stereoanlage an. Sanfte Jazzmusik erfüllte den Raum. Ihre Knie wurden weich. Er hatte sich sogar an ihre Vorliebe für Jazz erinnert.

Als er ihr galant den Stuhl anbot, fiel ihr Blick auf eine abgedeckte Schüssel mit Pasta, die bereit zum Servieren war. Wenn er auch noch Essen gekocht hatte, das halbwegs genießbar war, würde sie vermutlich nie mehr gehen wollen. »Hast du das selbst gekocht?«

Er schnaubte verächtlich. »Himmel, nein. Ich koche nicht. Ich habe es beim Italiener um die Ecke bestellt.«

Dann setzte er sich ihr gegenüber an den Tisch. Er klang seltsam eifrig, als er sagte: »Kochst du?«

»Eigentlich nicht. Es sei denn, ein Erdnussbutter-Marmeladen-Sandwich fällt in die Kategorie ›Kochen‹.«

»Ich kann ein Omelett zubereiten«, entgegnete er.

Sie war beeindruckt. Rührei war das Einzige, das sie zustande brachte. »Und ich kann Hotdog-Würstchen und Büchsenmais erhitzen.«

Sie lachten, während er den Wein einschenkte und ihnen Pasta und Brot servierte. Sie nahm einen dampfenden Bissen und schickte ein stummes Dankeschön an den Koch. Da sie einen Großteil ihrer Mittagspause auf dem Damenklo verschanzt zugebracht hatte, war sie sehr hungrig.

Nach ein paar Bissen sagte Candy: »Wir werden heute Abend nicht weiter an der Kampagne für *Chunk o' Chocolate* arbeiten, oder?«

Jared blickte von seinem Teller auf. »Wir werden es in Angriff nehmen.« Er lächelte. »Kurz bevor es auf Harolds Schreibtisch liegen soll.«

Sie hatte befürchtet, dass er so etwas sagen würde. Oder vielleicht war »sie hatte es verdammt noch mal gehofft« doch der passendere Ausdruck.

»Jared, wir sollten zumindest versuchen, daran zu arbeiten.« Candy bemühte sich, entschieden zu klingen, doch sie wusste, dass sie kläglich scheiterte.

Noch immer lächelte er. Himmel, sie liebte dieses Lächeln. Bei der Arbeit hatte er noch nie so entspannt gewirkt, und sie fühlte sich beinahe schwindelig vor Glück, weil sie dieses Lächeln auf sein Gesicht zaubern konnte.

»Also gut. Lass uns beim Essen über ein paar Slogans nachdenken.« Jared nippte an seinem Wein. »Was reimt sich auf ›Chunk‹?«

»›Punk‹. Oder ›Dank‹. Oder ›Bank‹.« Sie lehnte sich auf ihrem Stuhl zurück und knabberte an einem Stück Brot. »Also, wie wäre es mit einem Punk, der auf einer Bank in einen Schokoladenriegel beißt?«

Er warf ihr einen strafenden Blick zu.

Sie lachte. »›Hunk‹ ist zwar englisch, würde sich notfalls aber auch reimen.«

»›Hunk‹? Also Adonis? Wir sprechen hier über die Kampagne, Candy, nicht über mich.«

Als sie die ausdruckslose Miene sah, mit der er das sagte, musste sie laut lachen. »Sexy *und* bescheiden, was?«

»Ich bin ein ziemlich guter Fang, oder?« Seine überspitzte Ernsthaftigkeit geriet ein bisschen ins Wanken, und ein Lächeln umspielte seine Mundwinkel.

»Ich weiß, dass du das bist. Habe ich dich nicht schon einmal gefragt, warum dich eigentlich noch keine Frau eingefangen hat?«

»Vielleicht habe ich auf die richtige Frau gewartet, die herausfindet, *wie* sie mich einfangen kann.«

Mit einem Fischernetz? Handschellen? Phantastischem Sex? All diese Möglichkeiten schossen Candy durch den Kopf. Sie wünschte sich, sie würde die Antwort kennen, denn allmählich begann sie zu glauben, dass sie ihn sich gern selbst angeln würde.

»Sagen wir mal, eine Frau würde dich einfangen wollen. Was wäre der beste Weg, um das zu schaffen?« Sie bemühte sich, ihrer Stimme einen leichten, beiläufigen Klang zu geben, doch das Zittern war nicht zu überhören.

Jared legte seine Gabel auf den Teller und blickte Candy forschend an. Sie musste sich zusammenreißen, um nicht zusammenzuzucken. »Ich denke, sie sollte einfach sie selbst sein und mir die Freiheit lassen, ich selbst zu sein.«

Dann zuckte er die Schultern. »Es klingt wie aus dem pädagogisch wertvollen Nachmittagsfernsehprogramm für Kids, aber es ist wahr. Ich will keine Spielchen, ich will einen Partner, einen Freund.«

Er hob das Weinglas und gab seiner Stimme einen unbeschwerten Klang. »Klingt ziemlich idiotisch, oder?«

»Nein.« Candy schüttelte den Kopf. »Nein, überhaupt nicht.« Sie schluckte. »Ich … ich war schon einmal verheiratet.«

Jared machte große Augen. »Tatsächlich?«

»Ja.« Sie versuchte zu lächeln, doch es gelang ihr nicht. »Dean war mein Freund auf der Highschool. Es war nie eine besonders gute Beziehung, nicht einmal auf der Schule. Wir trennten uns, als ich aufs College ging. Doch als ich nach Hause zurückkehrte, kam er mir wieder näher und sagte irgendwie die richtigen Dinge.«

Dennoch wusste sie bis zum heutigen Tag nicht, was sie sich dabei gedacht hatte, ihn zu heiraten. »Sobald wir verheiratet waren, wusste ich, dass ich einen Fehler gemacht hatte, aber ich wollte es nicht zugeben.«

Jared umklammerte sein Glas. »Was hat er dir angetan?«

Überrascht sagte sie: »Nichts. Ich meine, er hat mich nicht missbraucht oder etwas ähnlich Furchtbares. Wir hatten nur einfach überhaupt nichts gemeinsam. Wir haben uns nicht unterhalten, hatten uns nichts zu sagen. Er war schrecklich eifersüchtig, wenn andere Männer mich auch nur angesehen haben, und es wurde immer schlimmer. Er musste alles kontrollieren – wie viel Geld ich ausgab, wohin ich ging, was ich tat. Er wollte nicht, dass ich Make-up auflegte oder hübsche Kleider trug.«

Nein, Dean hatte sie nie geschlagen, doch er hatte ihr das Leben auch so zur Hölle gemacht. Er hatte ihr die Würde genommen und sie vor den Menschen, die ihr etwas bedeuteten, gedemütigt. »Er hat behauptet, dass es meine Schuld wäre, dass die Männer mich anstarren, hat gesagt, dass ich es darauf anlegen würde und dass ich ein Flittchen wäre.«

»O Gott, Candy. Wie lange warst du mit ihm zusammen?«

Es war kein Mitleid in Jareds Stimme, sondern nur ernst gemeinte Sorge. Dank dieser Fürsorglichkeit fühlte sie sich nicht mehr so schlecht und verletzlich, weil sie mit ihrer Geschichte herausgeplatzt war.

»Drei Jahre.« Jahre, von denen sie akzeptiert hatte, dass sie verloren waren, und die sie niemals wieder zurückbekommen würde.

»Das ist eine lange Zeit, um so zu leben.«

»Das stimmt. Aber ich bin gegangen, sobald ich dazu bereit war, und glücklicherweise haben wir keine gemeinsamen Kinder.«

»Bist du geschieden?«

Er hatte seine Hand über den Tisch geschoben, ihre ergriffen und streichelte sie liebevoll.

»O ja. Er hat versucht, es zu verhindern, aber der Richter war ein Freund von meinem Stiefvater, und er hielt nichts von Deans unsinnigen Äußerungen. Richter Anderson hat die Scheidung schnell und problemlos über die Bühne gebracht, und ich bin nach Knoxville gezogen. Doch es war mir noch immer zu sehr in Deans Nähe. Deshalb habe ich meine Sachen gepackt und bin nach Chicago gekommen. Meine Mitbewohnerin aus dem College lebt hier.«

Sie wartete auf die Entschuldigung, die sicher kommen würde. Auf das Mitleid oder die Schuldzuweisungen. Wenn Jared auch nur einen Funken Wahrheit in Deans Beschuldigungen sah, würde sie entweder vor Scham sterben oder ihn mit der Salatgabel aufspießen.

Er tat nichts von dem, was sie erwartet hätte.

Stattdessen drückte er ihre Hand und stellte sachlich fest: »Dein Ex hört sich für mich an wie ein beschissener Schlappschwanz.«

»Jared!« Kaum zu glauben, dass er das gesagt hatte. Sie hatte ihn noch nie so grob und so wütend reden hören.

Andererseits löste Dean in ihr genau dieselben Empfindungen aus.

»Tja, aber das ist er.« Jared blieb stur. »Jeder normale Mann wäre stolz, dich als Frau zu haben. Jeder normale Mann würde wollen, dass du dich herausputzt und sexy aussiehst, damit er mit dir ausgehen und jedem Typ zeigen kann, dass es ihm gelungen ist, eine so schöne Frau wie dich zu heiraten.«

Candy errötete vor Freude.

»Ich denke, dein Ex hatte ein Problem mit seiner Männlichkeit. Das ist die einzige Erklärung dafür, dass er dich so behandelt hat.«

Inzwischen hatte Candy ebenfalls ein Problem mit Deans Männlichkeit. Immerhin hatte Jared sie zum Stöhnen gebracht, obwohl sie unsanft gegen einen Schreibtisch gequetscht gewesen war. Dean hingegen hatte sie nie zu mehr als einem zufriedenen Seufzen bringen können – und das auch nur an einem seiner guten Tage.

»Er wollte dich besitzen, habe ich recht?« Jared hatte seinen Stuhl zurückgeschoben, ihre Hand jedoch nicht losgelassen.

Candy streckte ihren Arm über den Tisch, doch ihr fiel gar nicht auf, wie unbequem diese Haltung war. Jareds Worte berührten sie tief in ihrem Innern, hatten einen wunden Punkt getroffen, ein unverarbeitetes Problem aufgewühlt, von dem sie nicht gewusst hatte, dass es überhaupt noch da war.

»Was meinst du damit?« Eigentlich wusste sie genau, was er sagen wollte.

»Ich meine, dass dein Ex eine hübsche Frau an seiner Seite haben wollte – wie ein tolles Auto oder eine super Stereoanlage. Und als er dich dann hatte, musste er sich Sorgen darüber machen, dich an jemanden zu verlieren, der dich wirklich will.«

Vielleicht hatte sie das schon vermutet, aber sie hatte noch nie mit jemandem darüber geredet. Dass Jared die Wahrheit herausgefunden und ausgesprochen hatte, war eine erneute Demütigung für sie. »Kann sein«, stieß sie hervor.

Hastig fuhr sie fort: »Hör zu, Jared, ich will nicht … ich bin nicht … mein Ex hatte unrecht, was das Flirten und die Männergeschichten angeht. Ich …«

Mist. Candy verstummte. Sie schämte sich. Sie war in Harolds Büro getänzelt und hatte mit ihrem Po vor Jareds Gesicht herumgewackelt. Es gab keinen Grund für ihn anzunehmen, dass sie kein Flittchen war, das am laufenden Band Männergeschichten hatte.

»Komm her.« Jared klopfte sich aufs Knie, als wäre er

Santa Claus und sie ein freches kleines Mädchen, das getröstet werden musste.

Ihr gesunder Menschenverstand sagte ihr, Jared nicht zu nahe zu kommen. Doch natürlich hörte sie nicht auf ihren Verstand.

Ihm zugewandt sank sie auf seinen Schoß.

Santa hatte bestimmt keine so durchtrainierten Beine.

Und Santa hätte sie auch ganz gewiss nicht über ihr Sexleben befragt. Aber Jared tat es.

Frei heraus fragte er: »Wann warst du zum letzten Mal wirklich mit einem Mann zusammen? Heute nicht mitgezählt.«

Sie schluckte schwer und musterte die Knöpfe an seinem Hemd. »Es war mit Dean. Drei Monate bevor ich ihn vor zwei Jahren verließ.«

»Also hast du seit deiner Scheidung mit keinem Mann mehr geschlafen?«

»Nein. Ich habe mich ab und zu mit einem Mann getroffen, aber es waren nur lockere Dates.«

»Bis heute.«

»Ja.«

Sein Blick verfinsterte sich. »Dann habe ich es vermasselt, Candy. Ich hätte niemals so die Beherrschung verlieren dürfen.«

Er betrachtete ihre Lippen. Sacht fuhr er mit dem Finger über ihr Kinn. »Du hast etwas Besseres verdient als das.«

Candy war geschockt, dass er auch nur für einen Moment glauben konnte, dass es nicht perfekt gewesen war. Es war wild gewesen, ja, und das Gegenteil von dem, was sie geglaubt hatte zu wollen – aber es war auch die mit Abstand sinnlichste Erfahrung ihres ganzen Lebens gewesen.

Bisher. Sie hoffte, dass sie ihren Erfahrungsschatz bald noch erweitern könnten.

»Jared. Es war genau richtig. Versteh doch, ich musste wissen, dass ich mich so fallen lassen kann.« Sie sah ihn an und atmete tief durch. »Ich habe schon begonnen zu glauben, dass mit mir etwas nicht stimmt, weil ich mich bei jedem Mann, mit dem ich mich seit meiner Scheidung getroffen habe, so sexy gefühlt habe wie ... ein Fischkadaver.«

Jared blickte sie ungläubig an. »Das ist tatsächlich nicht sehr sexy.«

Sie lachte. »Nein. Aber ich wollte, dass es mit dir anders wird. Und das war es.«

Jareds Hände lagen auf ihrem Rücken, und es gelang ihm irgendwie, sie unter ihren Pullover zu schieben und ihre Haut zu berühren. »Also habe ich es geschafft, dass du dich sexy fühlst?«

»O ja.«

Er hauchte einen Kuss auf ihren Hals. »Und fühlst du dich jetzt auch sexy?«

»Ja.«

»Vielleicht schaffe ich es, dass du dich noch sexier fühlst.«

Jared strich ihr über die Seite, und ein Schauer durchzuckte ihren Körper. »Aber was ist mit *Chunk o' Chocolate?*«, fragte sie.

Candy schloss die Augen, als Jared ihre Brüste erreichte und sich mit seinen Händen langsam weiter nach oben bewegte, um ihre Nippel zu streicheln.

»Schokolade ist ein Ersatz für Sex. Du brauchst ganz sicher *keine* Schokolade.« Mit seiner Zunge reizte er sie, tauchte seine Zungenspitze sanft in ihr Ohr und zog sie dann wieder zurück.

Sie versuchte zu lachen, aber es klang eher wie ein Keuchen oder ein Stöhnen. Es fühlte sich richtig an, hier auf seinem Schoß zu sitzen, seine Erektion an ihrem Po und seinen heißen Atem an ihrem Hals zu spüren.

»Ich werde niemals versuchen, dich zu besitzen. Ich werde niemals etwas tun, das du nicht willst. Ich werde dir immer zuhören«, murmelte Jared.

Candy legte ihre Hände auf seine Schultern und wusste, dass sie verloren war und getan hatte, was sie eigentlich nicht hatte tun wollen. Sie hatte sich in Jared verliebt, und sie konnte nichts mehr daran ändern.

Für gewöhnlich ließ sie ihren scharfen Verstand und ihren Witz jeden spüren, der sie nicht ernst nahm. Doch just in diesem Moment hatte ebendieser Verstand sich entschlossen, sie im Stich zu lassen. Ihr Körper verriet sie, indem er bei jeder von Jareds Berührungen wie Wackelpudding zitterte und ihr wieder das Problem mit dem feuchten Höschen bescherte.

Und ihr Herz hatte derweil die Gelegenheit, sie lächerlich zu machen.

Denn es war ihr Herz, das für ihre nächsten Worte verantwortlich war. »Ich möchte nicht, dass dieser Tag jemals endet.«

Jared hielt mitten im Kuss inne. »Das muss er ja auch nicht. Bleib heute Nacht bei mir.«

Das war keine gute Idee. Es war sogar eine ziemlich schlechte, eine »Du-wirst-aufwachen-und-es-verdammt-noch-mal-bereuen«-Idee – doch das war Candy im Augenblick egal.

Sie küsste ihn, genoss den Geschmack des Weines auf seinen Lippen. »Ich habe meinen Pyjama nicht dabei.«

Jared hob die Augenbrauen. »Candy, du wirst deinen Pyjama ganz sicher nicht brauchen.«

»Aber er ist echt niedlich«, zog sie ihn auf. »Pink mit weißen Kätzchen darauf.«

»Nackt bist du noch niedlicher.« Mit seinen Händen hielt er das Bündchen ihres Pullovers fest – bereit, ihn ihr auszuziehen.

Sie ergriff sein Hemd. »Du hast mich doch noch nie nackt gesehen. Jedenfalls nicht wirklich.«

»Noch ein Grund, sich zu beeilen.« Er zerrte an ihrem Pullover und zog ihn bis zu ihren Brüsten hoch. »Heb deine Arme.«

Jareds Stimme klang scharf und drängend, und Candy tat, um was er sie gebeten hatte. »Okay, aber ich bin oben.«

Er hielt inne. »Wie ›oben‹? Ich habe kein Etagenbett, Süße.«

Candy hatte die Arme in die Luft gestreckt, und der Rollkragen ihres Pullovers verdeckte ihr Gesicht. »Na, auf dir.« Ungeduldig wand sie sich. Die rote Wolle vom Pullover bedeckte ihre Lippen und ihre Augen. »Und jetzt befreie mich aus diesem Pullover. Ich bekomme keine Luft mehr und kann nichts sehen.«

Jared zog, bis ihr Kopf hervorschaute. Ihr Haar hing ihr über die Augen. Sie hob hilflos die Arme. »Meine Hände stecken noch immer in diesem Pulli fest.«

Aber Jared hörte nicht, denn er war zu beschäftigt damit, die vorderen Ösen ihres BHs zu öffnen. Als er seine Lippen um einen ihrer Nippel schloss und sie näher zu sich heranzog, wurde Candy bewusst, dass es ihr egal war, ob sie in einem Strickpullover mit Zopfmuster verheddert war oder nicht.

Sie schlang ihre Arme in dem Pulli um seinen Nacken, bog ihren Rücken durch und drängte sich ihm entgegen.

7. Kapitel

Jared saugte an ihren Brüsten, bis Candy sich wand und atemlos seinen Namen schrie. Ihre Arme steckten hinter seinem Kopf noch immer in dem Pullover fest. Die rote Wolle strich über seinen Nacken und schränkte Candy in ihrer Bewegungsfreiheit ein.

Mit einer Hand auf ihrem Rücken und der anderen Hand auf ihren Brüsten hielt er sie fest, so dass sie gefangen war, auch wenn sie sich ungeduldig auf seinem Schoß bewegte. Er genoss ihre wachsende Unruhe. Denn er empfand genauso.

Er zog sich ein wenig zurück und betrachtete ihre rosigen Nippel, die von seinen Lippen feucht schimmerten und fest wie saftige Trauben waren. Er konnte nicht widerstehen, zärtlich hineinzubeißen.

Candy zuckte zusammen und drängte sich ihm entgegen. Irgendwie war es ihr endlich gelungen, ihre Arme zu befreien, und er spürte, wie der Pullover an seinem Rücken entlang zu Boden glitt. Sie strich sich das Haar aus dem Gesicht und schob die Träger ihres BHs ihre Arme hinab, so dass auch er herunterfiel.

Dann lehnte sie sich zurück, war außerhalb seiner Reichweite. Der Anblick, wie sie oben ohne ihren Rücken wölbte, war unglaublich verführerisch. Es dauerte ungefähr zwei Sekunden, in denen er ihre Brüste betrachtete, bis er sie schließlich anflehte: »Zieh deine Jeans aus.«

»Aber ich bin oben – nicht vergessen«, erinnerte sie ihn, als sie sich auf seinem Schoß nach hinten schob und aufstand.

Selbst wenn es ihm entfallen wäre, hätte ihn seine Erektion daran erinnert. Er nickte. »Oh, verdammt, ja. Ich habe es nicht vergessen.«

Sie lächelte ihn an, und er hätte beinahe die Beherrschung verloren und wäre gekommen. Wenn er ihr vorher schon verfallen gewesen war, so war es inzwischen vollkommen um ihn geschehen, nachdem er die Geschichten über ihren Ex-Ehemann gehört hatte.

Er hatte sie von Anfang an gemocht. Er hatte sie respektiert. Jetzt bewunderte er sie auch noch. Trotz ihrer unverhohlenen Weiblichkeit war Candy eine starke Frau.

Die richtige Frau für ihn.

Candy öffnete den Knopf ihrer Jeans und zog den Reißverschluss herunter – mit dem Schwung einer blutarmen Schildkröte und einem verschmitzten Lächeln auf den Lippen.

»Beeil dich«, knurrte er, ohne sich für seine Ungeduld zu schämen. »Oder ich reiße dir die Hose vom Leib.«

»Das würdest du nicht tun.« Sie hielt die Hände still.

»Willst du es drauf ankommen lassen?«

Sie lachte. »Nein danke.«

Damit wandte sie sich zur Seite und streifte die Jeans über ihre Hüften. Ihre Hände strichen über ihren kleinen runden Po. Sein Mund wurde trocken.

Sie trug einen anderen Slip als am Morgen. Dieses Höschen war feuerrot. »Reiß-es-mir-vom-Leib«-rot.

Dass er auch nur einen Moment geglaubt hatte, er könnte ihr widerstehen, als er am Morgen in Harolds Büro gekommen war … Er hatte nicht den Hauch einer Chance gehabt.

Candy hielt sich an seinem Tisch fest, als sie aus ihren Stiefelchen stieg und aus der Jeans schlüpfte. Mit nichts bekleidet als dem kleinen roten Höschen, wandte sie sich ihm schließlich zu. Ihre rosige Zungenspitze kam hervor, und sie fuhr sich über die Lippen.

Gott. Er war so ein verdammter Glückspilz.

»Viel besser als ein verspielter Pyjama mit kleinen Kätzchen darauf«, brachte er hervor.

Sie lächelte. Zwei Schritte, und sie stand direkt vor ihm. Er schlang seine Arme um ihren Rücken und zog sie noch näher zu sich heran. Mit seinem Mund glitt er über ihre salzige Haut und knabberte zärtlich an ihrem Bauch.

»Zum Reinbeißen«, murmelte er.

Candy kletterte auf seinen Schoß und setzte sich mit gespreizten Beinen auf ihn. »Dafür bist du eindeutig overdressed.«

»Genau wie du.«

»Ich habe nur einen Slip an.«

»Und selbst das ist schon zu viel.«

Der verführerische Anblick ihrer wunderschönen Brüste vor seinem Mund lenkte ihn ab. Er vergaß, ihr das Höschen auszuziehen, und konzentrierte sich erst einmal auf das Naheliegende.

Mit seiner Zunge.

Vor und zurück, darüber und darum herum, ihre Nippel leckend, an der zarten Haut knabbernd und ziehend. Sie duftete nach Frühling, frisch und lebendig. Mit einer Hand auf ihrem Rücken hielt er sie nah an sich gepresst.

Candy versuchte, sich von ihm zu lösen. »Nein, hör auf. Ich kann das nicht länger aushalten«, wisperte sie.

Jared widmete sich der anderen Brust und ließ ihr dieselben intensiven Liebkosungen zukommen. »Doch, das kannst du. Du kannst alles aushalten.«

»Kann ich nicht.« Mit ihrem Po rieb sie über seine muskulösen Schenkel, um seine Erektion zwischen ihren Beinen zu spüren – dort, wo sie es am meisten brauchte.

Er verlagerte sein Gewicht und entzog sich ihr so ein Stück weit. Mit den Fingern reizte er den anderen Nippel, den er nicht gerade mit dem Mund umschloss.

Candy stöhnte. »Jared, ich will noch nicht kommen. Aber wenn du so weitermachst, kann ich nicht anders.«

Das war sein Plan.

Sie richtete sich auf und streifte mit der Innenseite ihrer Oberschenkel seinen nackten Arm, als sie versuchte, ihre Brüste aus seiner Reichweite zu bringen. Jared spürte die kühle Feuchte ihrer Lust auf seiner Haut.

Er lehnte sich etwas zurück und warf einen Blick nach unten. Auf dem mittleren Teil ihres roten Satinhöschens war ein dunkler, feuchter Fleck zu erkennen, der sich immer weiter ausbreitete.

Gott, sie war so sexy.

Mit dem Daumen strich er ihren Venushügel hinunter und fuhr über den feuchten Fleck auf ihrem Höschen. »Du bist ein bisschen feucht, oder?«

Sie wand sich auf ihm, als könnte sie so irgendwie seinen Daumen in ihren Slip bringen. »Ich bin *sehr, sehr* feucht.«

Jared lachte leise, doch Candy erwiderte dieses Lachen nicht. Sie streckte die Arme aus und riss so heftig an seinem Hemd, dass die Knöpfe in drei unterschiedliche Richtungen sprangen. Er war so schockiert, dass er mit dem Rücken hart gegen die Holzlehne des Stuhls stieß, auf dem er saß. Benommen vor Lust blickte er sie an.

»Das wollte ich schon immer mal ausprobieren«, sagte sie und schob ihm das Hemd bis zu den Handgelenken hinab.

»Du hast es gemacht, als hättest du es schon unzählige Male zuvor getan.«

Candy antwortete nicht. Schweigend strich sie mit den Händen über seine nackte Brust, kratzte ihn sacht mit den Fingernägeln. Sie ließ ihn nicht aus den Augen.

»Du bist ein heißer Typ«, sagte sie schließlich. Ihre suchenden Finger glitten hinauf bis zu seinen Schultern und streichelten ihn.

Jared war noch nie »heißer Typ« genannt worden. Jedem anderen Menschen hätte er das vermutlich übelgenommen. Doch dass Candy es zu ihm sagte, freute ihn wie wahnsinnig.

Keinen einzigen verdammten Augenblick konnte er noch warten. Er wollte sie wieder schmecken. Er schob seine Hand in ihr Haar und zog sie zu sich heran, bis ihre Lippen sich zu einem stürmischen, leidenschaftlichen Kuss fanden.

Die Hände in ihrem Höschen, streichelte er ihren festen Po und strich mit seinen Daumen über die Unterseite ihrer Pobacken.

Candy reizte seine Brustwarzen, brachte ihn beinahe um den Verstand, als sie sich auf ihm auf und ab bewegte. Ihre Bewegungen waren so roh, so ursprünglich und direkt wie ihr Kuss.

Mit dem Stuhl wippte Jared etwas zurück, damit Candy auf seinem Schoß noch ein Stück nach vorn glitt. Sie tat ihm den Gefallen. Ihre Brüste wurden gegen seinen Oberkörper gepresst, als sie ihre Schenkel um seine Beine schloss.

Es fühlte sich an, als würden sie durch Zeit und Raum fliegen, während sie sich voller Leidenschaft miteinander wiegten und irgendwo zwischen Realität und Rausch gefangen waren.

Er nahm ihre Unterlippe in seinen Mund und saugte daran. Und nur ein paar Augenblicke später segelte er tatsächlich durch die Luft ...

Denn unwillkürlich zuckte Candy bei den Empfindungen zusammen, die ihren Körper durchströmten, als Jared an ihrer Unterlippe saugte. Wie entfesselt nahm sie die Arme hoch und stieß in ihrem Überschwang mit ihren Beinen gegen Jareds Knie.

Die Münder noch immer verbunden, hörte Candy, wie Jared einen überraschten Laut ausstieß, bevor sie beide umkippten und der Stuhl mit einem fürchterlichen Krachen auf dem Boden landete.

Candy blinzelte verwirrt und hielt den Atem an, als sie auf Jared fiel. Er lag flach auf dem Rücken und starrte sie an, als hätte er keine Ahnung, was gerade geschehen war.

»Geht es dir gut?«, fragte sie.

Er nickte. »Und dir?«

Seine Hände lagen wieder auf ihrem Hintern, also konnte sie sich sicher sein, dass er sich nicht verletzt hatte. »Ich fühle mich großartig. Mehr als großartig sogar«, seufzte sie.

»Gut.«

Er berührte ihr Kinn und zog sie zärtlich an sich, um sie zu küssen. Es war eine sanfte Geste, liebevoll, und Candy gab den Versuch auf, so zu tun, als wäre sie Jared nicht hoffnungslos verfallen. Er war noch immer ernst, stark und verflucht sexy, doch er wirkte auch irgendwie süß.

Der Kuss war ebenfalls süß, aber das änderte sich rasch.

Er wurde drängender, schneller. Sie spürte Jareds Bartstoppeln, die auf ihrer Haut kratzten. Doch es war ihr egal. Sie wollte ihn einfach nur fühlen, schmecken. Ihre Brüste waren an seinen Oberkörper gepresst, und sie sehnte sich nach mehr.

Bevor sie ihn darum bitten konnte, sagte Jared: »Lass mich nur eben meine Hose ausziehen. Dann kannst du oben sein.«

»Kondom?«, brachte sie hervor, während sie sich von seinem Schoß löste. Sie setzte sich auf den Boden, während er vom umgekippten Stuhl rollte und aus seiner Hose schlüpfte.

»Habe ich hier.« Jared zog eine ganze Packung aus seiner Hosentasche.

Candy musste sich zusammenreißen, um sich nicht sehnsüchtig über die Lippen zu lecken. Das waren jede Menge Kondome. Vielleicht hatte Jared ja noch Pläne mit ihr, die über die heutige Nacht hinausgingen.

Er stellte den Stuhl wieder auf und setzte sich. Das Kondom hatte er bereits übergerollt. »Komm und nimm Platz.«

Noch immer auf dem Boden zog Candy die Knie an, streifte ihr Höschen ab und ließ es achtlos liegen. Dann stand sie auf und blieb vor Jared stehen. Sie legte ihm die Hände auf die Schultern, um sich abzustützen.

Halb schloss sie die Augen, während sie die Beine spreizte. Überrascht schrie sie auf, als Jared unvermittelt mit dem Finger in sie drang.

»Ich will nur sichergehen, dass du auch wirklich bereit bist.«

»Ich bin bereit.« Eigentlich wollte sie sich außer Reichweite seiner Hände bringen, doch irgendwie drängte ihr

Körper in die falsche Richtung. Vorwärts. Seinem Finger entgegen.

Er lachte leise. »Wenn du an einem Finger schon so viel Spaß hast, können zwei doch nur noch besser sein.«

Und im nächsten Moment glitt er mit einem weiteren Finger in sie, füllte sie aus, als er tief in sie drang. Als er mit der anderen Hand über ihre Lustperle strich, schrie Candy auf.

»Wenn dir das so gut gefällt, wird dir mein Schwanz noch besser gefallen.«

Sie nickte, und er zog seine Finger zurück.

Candy nahm ihre Hand, um ihn zu führen, und ließ sich dann auf Jared sinken. Sie biss sich auf die Unterlippe, als sie ihn vollkommen in sich aufnahm. Einen Augenblick lang hielt sie inne, schluckte schwer und genoss den kleinen Fluch, der Jared entfuhr.

Aber als sie versuchte, ihn zu reiten, stellte sie fest, dass sie ein Problem hatte. »Ich kann mich so nicht bewegen. Ich kann mich nirgends abstoßen.«

Mit ihren Beinen hatte sie Jareds Beine umschlungen und konnte den Boden nicht erreichen.

Jared knabberte an ihrer Schulter. »Kein Problem. Ich kann mich bewegen.«

Seine ersten Stöße waren bedächtig und behutsam, doch innerhalb weniger Sekunden wurden sie härter und drängender. Candy rang nach Atem. Mit jedem Stoß wurde sie angehoben, und sie hielt sich an ihm fest, kniff ihm in die Haut und vergrub ihre Fingernägel in seinem Fleisch.

Sie waren in einem Winkel miteinander verbunden, der es Jared ermöglichte, ganz tief in sie zu dringen, ihr den Atem zu rauben. Ihre Nippel berührten seinen Oberkörper, und die leichte Reibung zwischen seinen harten Bauchmuskeln und ihrer Lustperle war eine bittersüße Qual für sie.

Ohne Vorwarnung hielt Jared inne.

»Was?«, stöhnte sie und versuchte erfolglos, sich auf ihm zu bewegen.

Er sagte kein Wort, stand nur mit beeindruckender Leichtigkeit mit ihr im Arm auf, ohne sich von ihr zu lösen. Noch einmal stieß er in sie, bevor er sie auf ihre Füße stellte.

»Im Stehen?«, fragte sie ihn und lachte leise. Sie wartete darauf, dass er wieder etwas tat, denn sie war nicht groß genug, um im Stehen die Führung zu übernehmen.

Doch er erwiderte ihr Lächeln nicht. Seine Augen wirkten beinahe schwarz, und er blickte sie forschend an. »Eigentlich möchte ich, dass du dich umdrehst. Würdest du mir den Gefallen tun?«

Sie verstand, was er wollte. Jared bat sie darum, ihm zu vertrauen. Er wollte ihr zeigen, dass er nicht so war wie ihr Ex-Mann. Aber das wusste sie schon, und sie wollte ihm beweisen, dass sie ihm vertraute. Ganz und gar. Sogar mit ihrem Herzen.

Candy zog sich zurück, bis er nicht mehr in ihr war. »Ja, das würde ich gern tun.«

Dann drehte sie sich um, stützte sich mit den Händen auf dem Tisch ab und beugte sich etwas vor.

»Du bist unglaublich«, murmelte Jared, bevor er langsam von hinten in sie eindrang.

Er war auch nicht schlecht. Candy schloss die Augen, während er in sie glitt und seine Stöße allmählich härter wurden. Um seine Bewegungen zu erwidern, hob sie die Hüften an und spürte, wie sich ihr Höhepunkt ankündigte. Sie war gespannt und kurz davor zu kommen, als er mit seiner Hand über ihren Bauch strich, weiter nach unten fuhr und begann, ihre Lustperle zu reizen.

»Jared.«

Seine Antwort war ein Stoß, der so hart und tief war, dass sie den Halt verlor und auf den Tisch fiel. Ihre Hand landete auf einem Teller mit Pasta, die inzwischen kalt war. Und sie blieb auch da, während Candy ihren Höhepunkt hinausschrie, erschauerte und den Rücken wölbte.

»Candy.« Jared zog seine Hand zurück, als auch er kam, und hielt ihre Hüften fest, während er sich in sie ergoss.

Sein Orgasmus vermischte sich mit den letzten Wellen ihres Höhepunktes. Sie schloss die Augen, um ihn intensiver zu spüren, zu fühlen, wie er sie tief erfüllte.

Candy zog ihre inneren Muskeln zusammen und wurde mit einem weiteren Erschauern von Jared belohnt, bevor er sich schwer auf ihren Rücken legte. Sein Gewicht fühlte sich gut an, stark, zuverlässig.

Ihr wild hämmerndes Herz beruhigte sich allmählich, und sie hob ganz langsam die Augenlider an. Mit einem tiefen Atemzug sah sie vor sich auf den Tisch und lachte leise.

»Was?« Sein heißer Atem kitzelte auf der warmen Haut unterhalb ihrer Schulterblätter.

Sie hielt die rechte Hand hoch. »Ich bin ins Essen gefallen.«

»Ups.« Er beugte sich noch ein Stück weiter vor, ergriff ihre Hand und leckte jeden einzelnen ihrer Finger genüsslich ab.

Eine neue Welle der Lust baute sich zwischen ihren Schenkeln auf. Sie spürte genau, dass Jared in ihr wieder hart geworden war.

»Hm. Das schmeckt lecker.«

Unvermittelt zog er sich aus ihr zurück und ließ ihre Hand sinken.

»Wie? Erst machst du mich scharf und lässt mich dann am ausgestreckten Arm verhungern?«, witzelte sie. Auch jetzt noch stützte sie sich auf den Tisch und sah zu, wie er das Kondom abrollte. Im Augenblick verspürte sie keine Lust, sich zu rühren, selbst wenn das bedeutete, dass ihr Po noch immer in die Höhe gereckt war. Sie fühlte sich einfach zu gut, um sich zu bewegen.

»Das wirst du nicht mehr sagen, wenn ich ein neues Kondom übergestreift habe«, brummte er.

»Wofür brauchst du ein neues Kondom? Ich dachte, wir arbeiten jetzt an der Kampagne für *Chunk o' Chocolate.*«

»Vergiss *Chunk o' Chocolate*«, rief er ihr über die Schulter zu, während er sich auf den Weg ins Badezimmer machte. »Das Einzige, was ich heute noch mit Schokolade machen werde, ist, sie zu schmelzen und von deinem Körper zu lecken.«

Das war eine Idee. Candy fragte sich, wo der nächste Laden sein mochte, der das Massageöl mit Geschmack anbot, das in der Online-Beratung empfohlen worden war.

Während sie über das Vergnügen nachdachte, flüssige Schokolade von Jareds Körper zu schlecken, sah sie sich zum ersten Mal bewusst in seiner Eigentumswohnung um. Als sie ihr kurzes Abendessen genossen hatten, hatte sie nur Augen für Jared gehabt. Erst jetzt sah sie, dass es eine wirklich gemütliche, schöne Wohnung war.

Er dekorierte so, wie er sich kleidete. Einfach, klassisch. Mit einem Hauch Verwegenheit. Die meisten Möbel waren burgunderrot, sein Esstisch war aus Mahagoni und seine Wände in nüchternem Weiß gehalten.

»Dir gefällt diese Position, oder?«, fragte er, als er zurückkam.

»Was meinst du damit?« Sie zwang ihre unkooperativen Muskeln dazu, ihr zu gehorchen und sich zu bewegen, und richtete sich endlich wieder auf.

»In Harolds Büro hast du den halben Tag damit verbracht, genauso vornübergebeugt an seinem Schreibtisch zu stehen. Nur warst du da noch angezogen.«

»In Harolds Büro habe ich echt angefangen, mich zu fragen, ob dir überhaupt aufgefallen ist, dass ich bewusst mit meinem Hintern vor deinem Gesicht herumgewedelt habe«, sagte sie und streckte die Arme über den Kopf. »Ich habe mit dem Köder gelockt, und du bist einfach nicht drauf angesprungen.«

»Das hast du getan?« Seine Hände landeten auf ihren Brüsten, und er fing an, sie zu streicheln. »Aber warum wolltest du mich locken?«

»Ich dachte, wenn du und ich … also, ich dachte, dass es mir gefallen könnte. Und das hat es ja auch.«

»Dann genieße es noch einmal.«

Bevor sie ein Ja stöhnen konnte, hatte Jared sie in seine Arme geschlossen und sie so gepackt, dass er sie fest im Griff hatte.

»Oh! Du bist eindeutig ein Mann der Tat, oder?«

Seine linke Hand war unter ihrem Po, die rechte hatte er ihr auf den Rücken gelegt und hielt sie scheinbar spielend im Arm. Himmel, sie wusste, dass sie nicht so leicht war, doch bei ihm sah es fast mühelos aus.

»*Dein* Mann«, entgegnete er und fuhr mit der Nase an ihrer Wange entlang.

Zwar sprach er die Worte leicht, beinahe beiläufig aus,

aber Candy hörte darin etwas, das sie sich nicht nur einbildete. Es stand auch in Jareds Augen und darin, wie er mit seiner Nase und den Lippen sanft ihre Wange berührte.

Er klang genauso fasziniert von ihrer neuen Beziehung, wie sie sich fühlte.

Das Schlafzimmer war nicht weit entfernt. Jared legte sie in die Mitte des riesigen Bettes und verschlang seine Finger mit ihren.

»Wir sollten uns ab jetzt damit abwechseln, wer oben sein darf. Wer soll den Anfang machen?«

Candy dachte, dass sie sich an dem Laken gut festhalten und Jared richtig reiten konnte. Und sie bemühte sich erst gar nicht, ihre Begeisterung für diese Idee zu verhehlen. »Ich.«

Als wäre es ihr gerade eingefallen, fügte sie im nächsten Moment lächelnd hinzu: »Bitte.«

Jared lachte. Er rollte zur Seite, legte sich auf den Rücken und streckte seine Arme nach ihr aus. »Wenn du mich so nett bittest …«

8. Kapitel

Ein paar Stunden später lagen sie gemeinsam im Bett. Candy lag sicher und geborgen in Jareds Armbeuge. Er starrte an die Decke und gähnte zufrieden.

»Denkst du, dass Harold das hier im Sinn hatte?«, fragte er versonnen.

Candy rührte sich ein wenig. »Das kann ich mir kaum vorstellen. Aber wir sollten die Online-Beratung vielleicht doch noch zu Ende führen. Ansonsten könnte Harold das mit uns herausfinden.«

Jared kam vor Angst nicht gerade um. »Na und? Solange wir die Kampagne für *Chunk o' Chocolate* fertigstellen, sollte ihm das eigentlich egal sein, oder?«

»Es würde höchstens noch fünf Minuten dauern. Wir machen es auf deinem PC hier zu Hause.«

Fünf Minuten? Oh, bitte. Wenn sie einmal anfingen, diese Fragen zu beantworten, würden sie nur wieder im Bett enden. »Lass uns stattdessen lieber einen Porno im Internet ansehen«, zog er sie auf.

»Jared!«

Sie setzte sich auf und warf ihm einen strengen Blick zu. »Und übrigens habe ich dir, was meinen Ex-Mann angeht, mein Innerstes offenbart.«

»Du hast mir so einiges offenbart ...« Seine Hand wanderte zu ihrem Po.

»Ich meine es ernst. Ich habe dir alles erzählt, und du

hast im Gegenzug überhaupt nichts erzählt. Wann warst du zum Beispiel zum letzten Mal mit einer Frau zusammen?«

Er hasste solche Fragen. Sie waren nur erfunden worden, damit Männer mit ihren Frauen Ärger bekamen. Als Nächstes würde sie bestimmt fragen, ob sie fett aussah.

»Was sollte das ändern? Jetzt bin ich mit dir zusammen.«

Die Art, wie sie die Lippen aufeinandergepresst hatte, zeigte ihm, dass das nicht unbedingt die Antwort war, die sie sich vorgestellt hatte. »Ich will es trotzdem wissen.«

»Mit dir hatte ich mein erstes Mal. Ich war noch Jungfrau.« Er grinste. Doch sein Grinsen erstarb, als er bemerkte, dass sie rot wurde. Und ganz sicher nicht aus Verlegenheit.

»Tja, Candy, aus dem Grund habe ich dir erklärt, dass ich Frauen nur das erzähle, was sie hören wollen. Denn alles, was ich sage, ist falsch.« Wütend zog er sich von ihr zurück und verschränkte die Arme hinter dem Kopf. »Verrate mir doch einfach, was du hören willst – das würde es mir leichter machen.«

»Nichts, was du sagst, ist falsch. Es tut mir leid.« Sie versuchte, sich in seine Arme zu kuscheln. »Ich bin nur eifersüchtig, das ist alles.«

Eifersucht war gut. Es war in Ordnung, solange es sich im Rahmen hielt und nicht umschlug in eine intensive, alles verzehrende, krankhafte Eifersucht.

»Du musst nicht eifersüchtig sein. Die meisten meiner Beziehungen waren locker und nicht von Dauer.« Er entspannte sich wieder und genoss das Gefühl, wie Candys Brüste von der Seite gegen seinen Oberkörper gepresst wurden.

»Und Jessie war ein Fehler«, fuhr er fort. »Ich hätte mich

niemals mit einer Kollegin einlassen dürfen. Und ausgerechnet im Büro der Lust freien Lauf zu lassen war mehr als dumm.«

In dem Moment, als er die Worte ausgesprochen hatte, wuchs in ihm das ungute Gefühl, dass etwas ganz und gar nicht richtig lief.

Und Candy hatte offenbar dasselbe Gefühl, denn sie versteifte sich spürbar.

Bevor er eine Entschuldigung/Erklärung stammeln konnte, ergriff Candy das Wort: »Du hattest mit einer Kollegin Sex im Büro?«

Das warme Bett kam Jared auf einmal eiskalt vor. »Nein, nein, wir hatten keinen *Sex.*«

»Was denn? ›Irgendwie‹ Sex?«

»Ja … Nein! Wir haben uns nur geküsst und … du weißt schon, gefummelt und so was.« Heilige Scheiße, er machte es nur noch schlimmer.

Abrupt zog sie sich von ihm zurück und setzte sich auf. »Und beschränkst du dich auf *eine* Büroaffäre pro Job, oder sollte ich mich vielleicht darauf einstellen, zusehen zu müssen, wie du die gesamte weibliche Belegschaft von *Stratford Marketing* vögelst?«

Es gab eigentlich keine *richtige* Antwort auf die Frage – jedenfalls keine Antwort, die ihn davor bewahrt hätte, dass sie seine Eier durch den Fleischwolf drehte.

Doch er versuchte es trotzdem und wünschte sich im Stillen, er hätte ein Suspensorium angelegt. »Ich habe keine Büroaffären. Das mit Jessie war ein Fehler, ein fünfminütiger Aussetzer, und du bist in meinen Augen sowieso keine Affäre.«

Candy rang nach Luft. »Oh!«

Tränen schossen ihr in die Augen, als sie das Laken um sich schlang, aus dem Bett aufsprang und flüchten wollte. *Oh, mein Gott.* Sie war für ihn nicht einmal eine Affäre ... So wenig bedeutete sie Jared.

Mit kühler Vernunft begegnete sie dem Schmerz ihres gebrochenen Herzens: Sie sagte sich, sie hätte immerhin bekommen, was sie sich gewünscht hatte. Eine Nacht voller Leidenschaft hatte ihr bewiesen, dass mit ihr alles stimmte. Sie war genauso zu einem multiplen Orgasmus fähig wie jedes andere Mädchen auch.

Aber irgendwie halfen ihr diese Gedanken auch nicht weiter. Sie fühlte sich noch immer schlecht.

»Wohin gehst du? Ich will dir erklären, was ich empfinde«, sagte Jared.

»Es ist mir egal.« Sie zuckte zurück, als er aufstand, sich vor sie stellte und so die Schlafzimmertür blockierte.

Er war groß, imposant. Nackt.

»Du wirst nirgendwo hingehen, bevor du dir nicht angehört hast, was ich zu sagen habe.«

»Ich bin nicht daran interessiert, von dir zu erfahren, was für ein toller One-Night-Stand ich war. Danke, nein.« Sie war entschlossen, hier rauszukommen, und würde auch zwischen seinen Beinen hindurchkriechen, wenn es sein musste.

Überraschung spiegelte sich auf seinem Gesicht wider. »Glaubst du, dass ich dir *das* sagen will?«

Ungeduldig fuhr sie sich über die Augen, in denen Tränen standen, und kämpfte um ihre Selbstbeherrschung. Wenn er sie zum Heulen brachte, würde sie ihm das niemals verzeihen. »Tja, du hast mir soeben erklärt, dass ich nicht einmal zu einer Affäre tauge. Also nehme ich an, das macht mich zu einem One-Night-Stand.«

Er presste die Kiefer aufeinander. Stumm streckte er die Arme nach ihr aus. Candy wich zurück, so dass er sie nicht erreichen konnte.

»Oh, Baby. Das habe ich doch nicht gemeint. Ich meinte, dass du für mich viel mehr als nur eine Affäre bist. Du bist wichtig für mich. Du bist meine Zukunft. Ich … ich denke, ich könnte mich in dich verlieben.«

Grundgütiger. Warum hatte er das denn nicht gleich gesagt?

»Oh« war alles, was Candy herausbrachte.

Gefolgt von einem Schniefen und: »Wirklich? Bist du dir sicher?«

»Ja. Ich möchte, dass wir zusammen sind – wenn du das auch willst.«

Und als er diesmal seine Arme nach ihr ausstreckte, ließ sie zu, dass er sie an sich zog und festhielt. Sie legte ihren Kopf an seine Brust und seufzte. »Das will ich auch, weil ich glaube, dass ich mich auch in dich verlieben könnte.«

»Noch nie hat mich eine Frau so sehr interessiert wie du. Ich will das hier nicht vermasseln, Candy.«

Sie blickte ihm in die ehrlichen, dunklen Augen. »Ich denke nicht, dass wir es vermasseln werden. Wir müssen es nur einfach langsam angehen. – Und falls es jemals ein Problem geben sollte, können wir jederzeit wieder an der Online-Therapie für mehr partnerschaftliche Vertrautheit teilnehmen«, sagte sie und schenkte ihm ein verschmitztes Lächeln.

Vor Jareds innerem Auge tauchte das Bild von Candy auf, die bei ihm zu Hause ausgestreckt auf dem Schreibtisch lag, während er sie »partnerschaftlich beriet«. Er machte einen Schritt zurück, aus dem Zimmer hinaus, und zog an ihrer Hand.

»Ich denke, wir sollten schon jetzt damit beginnen. Sozusagen als ›vorbeugende Maßnahme‹, bevor es zu einem Problem kommt«, brummte er. Mehr, als mit einem Finger an dem Laken zu ziehen, war nicht nötig – raschelnd glitt es zu Boden und landete auf dem Teppich.

»Ach, meinst du?«

»Jawohl.« Er deutete mit einem Kopfnicken den Flur hinunter. »Der Computer steht da hinten. Diese Online-Beratung wird uns dabei helfen, uns *wirklich* gut kennenzulernen.«

Schließlich gab es an ihrem Körper einige Stellen, die er noch nicht mit seiner Zunge erkundet hatte.

Candy lächelte mit leicht geöffnetem Mund dieses breite Lächeln, das er so sehr liebte. »Ich will alles über dich wissen. Bisher sind wir ja erst bis Frage elf gekommen.«

Ehrlich und offen blickte er sie an. »Baby, du kannst mich alles fragen und alles anfassen, was du willst.«

Sie lachte. »Wie großzügig von dir.«

Er zog sie mit sich den Flur entlang. Nur noch ein paar Schritte. »Ich hoffe, du hast nicht geplant, heute Abend früh schlafen zu gehen.«

»Nein. Warum?«

In der Tür zu seinem Büro hielt er an. Er war erleichtert, dass er das Zimmer mit einer breiten Couch ausgestattet hatte. »Weil du dieses Zimmer nicht eher verlassen wirst, bis alle Fragen zu meiner Zufriedenheit beantwortet sind.«

In ihren Augen stand das Verlangen, das sie in diesem Moment durchströmte. »Wenn ich die Fragen langsam und gründlich beantworte, stellst du mir dann ein Zertifikat über die Teilnahme an der Beratung aus?«

Er würde ihr noch mehr als das geben.

Als er sich vorbeugte, um sie zu küssen, sagte er: »O ja. Signiert und notariell beglaubigt.«

Ein freches Lächeln huschte über ihr Gesicht, als sie ihre Finger auf seine Lippen legte, um ihn daran zu hindern, sie zu küssen. »Muss ich denn auch alle Videos anschauen und die Tipps für die Wiederbelebung der Romantik in der Beziehung ausprobieren?«

Er stellte sich vor, wie Schokoladensoße über Candys Körper rann, während er sie von den Innenseiten ihrer Oberschenkel leckte. »Ich bestehe darauf, dass du auch sämtliche Extras mitmachst, ja.«

Sie ließ ihre Hände sinken und berührte mit den Fingerspitzen seine Beine, während sie zärtlich an seiner Unterlippe knabberte. »Worauf warten wir dann noch?«

Wenn er das nur wüsste.

Jared hob sie hoch, und sie schrie überrascht auf. Beladen mit einer warmen, willigen Frau, stieß er mit dem Fuß die Tür zu seinem Büro auf und ging hinein.

Jetzt würde er ihr beweisen, dass Sex, Liebe und Romantik am besten zusammen funktionierten.

Und zwar nackt.

Der Mann,
der's kann

1. Kapitel

»Ich will deine Nippel lecken, bis du …«

Kindra zuckte in ihrem Drehstuhl zusammen, als eine tiefe Stimme hinter ihrem Rücken erklang.

Bitte, lass es nicht denjenigen sein, von dem ich fürchte, dass er es ist, dachte sie.

Zögerlich wandte sie sich um. Er war es. »Oh, mein Gott. Mack!«

Hastig schob sie die Computermaus auf dem Schreibtisch hin und her und versuchte verzweifelt, die E-Mail zu schließen, die auf ihrem Bildschirm zu sehen war. Die schmutzige E-Mail von ihrem Onlinepartner Russ. Die schmutzige E-Mail, die gerade von ihrem Kollegen und Schwarm im wahren Leben, Mack Stone, gelesen wurde.

Gott, wo war nur das verfluchte Minimierungssymbol?

»… bis du wie eine Rakete kommst, heiß und feucht …« Macks amüsierte Stimme verstummte allmählich. »Was ist das?«, fragte er schließlich.

»Eine Spammail«, gelang es ihr herauszubringen. Sie spürte, wie ihr unter ihrer weißen Bluse und dem schwarzen Blazer der Schweiß ausbrach. »Solche unerwünschten Werbemails bekomme ich andauernd.«

Kindra schloss das Fenster, als Macks Finger den Monitor berührte.

»Warum steht dann dein Name darauf?«

»Ich glaube nicht, dass da mein Name stand«, log sie

ohne schlechtes Gewissen. Unter keinen Umständen würde sie vor Mack »Ich-habe-jede-Woche-eine-andere-Freundin« Stone zugeben, dass sie eine virtuelle Affäre hatte.

»Doch, da stand dein Name«, beharrte er.

Über die Schulter hinweg warf sie ihm einen ärgerlichen Blick zu und drehte sich langsam zu ihm um. Angesichts seiner absoluten Vollkommenheit presste sie unwillkürlich die Kiefer aufeinander. Warum? Warum war sie täglich acht Stunden dazu verdammt, diesen Inbegriff der Männlichkeit vor Augen zu haben? Von seinem kurzen schwarzen Haar, über das starke Kinn, zu seiner breiten Brust und den trainierten Muskeln, die sich unter seinen modischen, von einem Männermagazin inspirierten Klamotten abzeichneten, und tiefer, bis hinunter zu ... na, untenherum eben, war er einfach perfekt.

Und unerreichbar für sie. Er spielte in einer anderen Liga.

Sie funkelte ihn an, wollte in diesem Moment nichts weiter, als dass er von ihrem Schreibtischsessel zurücktrat und den verstörend erregenden Duft seines Aftershaves gleich mitnahm.

Ein Lächeln breitete sich auf seinem Gesicht aus und gab den Blick frei auf seine makellos weißen Zähne. »Karies« war vermutlich ein Fremdwort für ihn. »Kindra Hill, hast du etwa Cybersex? Das hätte ich echt nicht für möglich gehalten.«

Ihr erster Impuls war aufzuspringen, ihn zur Seite zu stoßen, den Flur entlang bis zur Damentoilette zu rennen und sich dort zu verstecken, bis er das Gebäude verlassen hatte. Aber das hatte schon in der neunten Klasse nicht funktioniert, als Tommy Slade ihr vor aller Augen im Geometrieunterricht die Hose heruntergezogen hatte – und sie fürchtete beinahe, dass es auch jetzt nicht die beste Lösung war.

Ihr blieben also zwei Möglichkeiten. Leugnen. Oder es einfach frech zugeben.

Da sie das sprichwörtliche Mauerblümchen war, hatte sie noch nie in ihrem Leben irgendetwas tapfer und entschlossen herausposaunt. Es war an der Zeit, es auszuprobieren.

Sie holte tief Luft, nahm ihren ganzen Mut zusammen und sagte: »Und wenn es so wäre?«

Okay, was eigentlich verführerisch hatte klingen sollen, kam eher so rüber, als wollte sie sich rechtfertigen oder müsste sich verteidigen. Sie hatte sich ehrlich gesagt angehört wie eine verbitterte, verlassene, geschiedene Frau, die jede Woche mindestens eine Batterie für ihren Vibrator verschliss.

Er riss seine eisblauen Augen auf. »Dann, würde ich sagen, steckt mehr in dir, als man auf den ersten Blick vermuten sollte.«

Offenbar neugierig geworden, schüttelte er den Kopf. »Aber ich frage mich, warum man online darüber chatten sollte, wenn man es doch live und am eigenen Leib erleben könnte?«

Ja, wenn sie es mit ihm tun konnte, vielleicht. Aber bei der Auswahl ihrer Männer hatte Kindra bisher noch nie ein besonders geschicktes Händchen bewiesen. Nach ein paar Fehlgriffen, die von »aufregend wie Valium« bis »erschreckend grenzwertig, fast schon grauenhaft« gereicht hatten, hatte sie sich dazu entschieden, sich lieber jeden Abend vor dem einladend bläulichen Schimmern ihres Computerbildschirms einzukuscheln.

»Es ist einfacher so … sicherer, sauberer«, murmelte sie. Dann straffte sie die Schultern und drehte sich wieder zu ihrem Computer um. Sie stand kurz davor, vor Scham in Ohnmacht zu fallen. Hatte sie das etwa wirklich laut gesagt?

Sie hatte. Mack beugte sich über sie. Sein heißer Atem kitzelte an ihrem Ohr. Sein Schlips fiel nach vorn, berührte ihr Haar und sandte ihr einen kleinen Schauer über den Rücken.

»Aber auf die altmodische Art und Weise machte es doch so viel mehr Spaß.«

»Manchmal. Und manchmal ist es schwierig und kompliziert und einfach mies.« Sie zuckte die Achseln und hoffte, dass es welterfahren und lässig wirkte – so als hätte sie schon jede Menge Männer ausprobiert und sie alle für unzulänglich befunden. Doch statt die beabsichtigte Wirkung zu erzielen, rammte sie ihm aus Versehen ihre Schulter gegen das Kinn.

Er ächzte auf. »Da liegst du falsch, denke ich«, brummte er.

»Mir egal.« Sie rollte mit ihrem Schreibtischstuhl ein Stück nach vorn – weg von ihm. *Versteh doch den Wink mit dem Zaunpfahl, bitte. Geh einfach. Und nimm deinen heißen, aufregenden Körper mit.*

»Ich kann es dir beweisen.«

Sie erstarrte. Er wollte damit nicht ernsthaft sagen … Nein. Mack Stone hatte ihr bisher nicht einmal freiwillig die Uhrzeit verraten.

Aber wenn er tatsächlich *das* meinte, würde sie sein Angebot dann eigentlich in Anspruch nehmen? Ihr Kopf sagte: *Natürlich nicht, du naives und gieriges Luder.* Dagegen hatten die Innenseiten ihrer Oberschenkel schon eine ganz andere Antwort parat – eine, die ihr Höschen in einen Miniofen verwandelte.

Na ja, er meinte es sowieso nicht ernst.

»Ich meine es ernst«, sagte er.

Hilfe.

Kindra öffnete den Mund und war sich sehr wohl bewusst, dass ihr Verstand sich mittlerweile verabschiedet und ihr Unterleib nun komplett die Kontrolle übernommen hatte.

»Von was für einem Beweis redest du?«

Sie widerstand dem dringenden Bedürfnis, die Hand vor den Mund zu schlagen.

Zu spät. Jetzt hatte sie es tatsächlich bereits gesagt.

Er musste glauben, dass sie ernsthaft interessiert war.

Was selbstverständlich stimmte.

Aber sie sollte *ihn* das nicht wissen lassen.

Mack stand noch immer über sie gebeugt. »Ich denke, dass du weißt, von welcher Art Beweis ich rede«, sagte er leise, und in seiner Stimme schwang ein Hauch Belustigung mit.

Also, sie dachte, dass er davon redete, Sex mit ihr zu haben. Doch wenn sie das laut aussprach und damit falschlag, würde sie auf der Stelle ihren Job hier kündigen und nach Europa auswandern müssen.

Kindra räusperte sich. »Wenn du es mir vielleicht erläutern könntest?«

Mack ergriff die Rückenlehne ihres Schreibtischstuhls und drehte Kindra langsam zu sich herum. Da es unter Umständen ein wenig unhöflich wirkte, nach der Tischplatte zu greifen und sich verzweifelt daran festzukrallen, entschloss sie sich dazu, die Beine übereinanderzuschlagen und ihre gefalteten Hände in den Schoß zu legen.

Das war die perfekte Haltung für eine Frau, die behauptete, an Live-Sex nicht interessiert zu sein.

Nur, dass es Mack gelungen war, sich breitbeinig vor ihren Stuhl zu stellen, und seine Hose jetzt … auf Augenhöhe war. Fasziniert nahm sie seinen Anblick in sich auf. Kindra fuhr sich mit der Zunge über die trockenen Lippen. Mack war offensichtlich erregt.

O Mann.

Sie zwang sich, ihren Blick nach oben zu wenden. Er sah nicht länger belustigt aus. Seine Beine und die anderen Teile seines Körpers wichen ein Stück zurück, und mit ihnen verschwand auch sein männlicher Duft aus ihrer Nähe, aus ihrem persönlichen Raum, in den er eingedrungen war.

»Wenn ich dir beweisen möchte, dass richtiger Sex mit einem realen Partner besser ist als Cybersex, fällt mir nur eine einzige Art und Weise ein, wie ich das anstellen könnte.«

Das war's. Jetzt kam es. »Oh?«, piepste sie.

Mack nickte und schob die Hände in die Hosentaschen. »Ja, genau, Kindra. Es sieht so aus, als würde ich mit dir schlafen müssen.«

Wow. Wenn das ein Traum war, wollte sie auf keinen Fall aufwachen.

Mack bemerkte Kindras geschockte Miene und musste sich mühsam zusammenreißen, um nicht zu lächeln. Denn hinter diesem schockierten Ausdruck in ihren faszinierenden grünen Augen stand … echtes Interesse.

Er hatte es geschafft, ihr Interesse zu wecken.

In Kindras Büro zu kommen, um ein paar Software-CDs

zu borgen, die er auf seinem Computer installieren wollte, hatte sich als eine viel bessere Idee herausgestellt, als er es sich je erträumt hätte. Es war der reinste Glückstreffer gewesen, genau in dem Moment ihr Büro zu betreten, als sie gerade wie gebannt vor ihrem Computermonitor gesessen und sich auf die Unterlippe gebissen hatte, während sie hochkonzentriert eine schmutzige E-Mail gelesen hatte. Eine nicht besonders originelle E-Mail, wie er fand.

Er hatte gut die Hälfte der Mail gelesen, bevor er sich bemerkbar gemacht und die Nachricht laut vorgetragen hatte. Eigentlich hätte er von Kindra erwartet, rot zu werden. Aber sie war nicht errötet, wenn sie auch eindeutig durcheinander gewesen war.

Kindra Hill war unergründlich. Ein Rätsel. Seit er vor einem Jahr den Job bei *Ohio MicroDesign,* einem Grafikdesign-Unternehmen, angenommen hatte, versuchte er, hinter Kindras Geheimnis zu kommen. Nach außen hin gab sie sich schüchtern und ruhig. Doch er hatte sie beobachtet – in heimlichen Momenten, in denen sie nicht damit gerechnet und es nicht bemerkt hatte.

Statt tatsächlich so zurückhaltend zu sein, wie sie sich offiziell präsentierte, rollte Kindra oft mit den Augen und schnaubte verächtlich – natürlich möglichst unauffällig und nur, wenn sie meinte, dass niemand sie beachtete. Mit vor der Brust verschränkten Armen fläzte sie sich gern in ihrem Schreibtischstuhl, wenn sie sich allein glaubte. Und wenn er schnell genug war, konnte er sogar manchmal sehen, wie in ihren grünen Augen die Funken sprühten.

Aber sie versteckte diese Seite an sich.

Und er wollte den Grund dafür erfahren.

Kindra schloss den Mund und öffnete ihn dann erneut.

Sie kniff ganz leicht die Augen zusammen. »Warum solltest du das tun wollen?«

»Machst du Scherze?« Jetzt war er derjenige, der geschockt war. Hatte sie sich kürzlich mal im Spiegel angeschaut? »Welcher Kerl würde es nicht wollen?«

Einen Moment lang schien sie darüber nachzudenken und nickte dann. »Das stimmt vermutlich. Kerle sind so.«

Sie stemmte die Füße auf den Boden und schob sich auf ihrem Stuhl ein paar Zentimeter weiter weg von ihm. »Nur damit du Bescheid weißt: Wenn du wirklich beweisen willst, was du dir vorgenommen hast, tja ... dann liegt echt ein hartes Stück Arbeit vor dir.«

Verdammt. Kaum hatte sie es ausgesprochen, meldete sich schon ein heftiges Pochen in seiner Lendengegend. Irgendwie glaubte er, dass ihm die zusätzliche Kraftanstrengung nichts ausmachen würde. Schließlich wollte er sich für all die spontanen Erektionen revanchieren, die er in den letzten zwölf Monaten dank Kindra hatte verbergen müssen. Er stellte seinen Fuß hinter eine Rolle ihres Schreibtischstuhls und blockierte ihn dadurch.

Mit den Händen packte er die Armlehnen des Sessels, beugte sich vor und flüsterte ganz nah an ihrem Ohr: »Ich denke, ich nehme die Herausforderung an.«

Sie erschauerte und lehnte sich zurück, als müsste sie eine gewisse Distanz wahren. Ihre Augen waren halb geschlossen, und Mack ermahnte sich, ein bisschen zurückhaltender zu sein. Nur keine Eile.

Kindra wollte es. Doch er musste sichergehen, dass sie ihre Meinung nicht mehr änderte.

Dass er ein geradezu enttäuschendes Jahr hinter sich hatte, war noch lange keine Entschuldigung dafür, allen

Charme und alle Raffinesse über Bord zu werfen und in einem Anfall von Leidenschaft über sie herzufallen.

Wenn er nicht vorsichtig vorging, würde er alles vermasseln und diese einmalige Gelegenheit verpassen. Und das wollte er nun wirklich nicht. Vielmehr wollte er nämlich herausfinden, was Kindra unter den phantasielosen Kostümen verbarg, die sie immer trug. Er wollte die Spange lösen, mit der sie ihr Haar streng zurückgebunden hielt, und wollte sehen, ob es tatsächlich die kastanienbraunen Highlights hatte, wie er annahm.

Er wollte sie.

Langsam ging er zu ihrem Schreibtisch herüber und lehnte sich dagegen. »Also, was meinst du? Soll ich dir beweisen, dass du falschliegst? Oder bist du mit dem, was du jetzt bekommst, vollauf zufrieden?«

Gespannt hielt er den Atem an.

»Tja ...« Sie spielte mit der Haarspange auf ihrem Kopf. Dabei hob sich ihr Blazer ein wenig und ließ ihre Kurven erahnen.

»Also, was schwebt dir denn da so vor?«

Ja! In seiner Phantasie rammte Mack einen Football in die Endzone – Touchdown! »Heute Abend. Dinner. Anschließend zu dir.«

Sie würde sich in ihrem eigenen Apartment bestimmt sicherer fühlen, hatte er sich überlegt. Behaglicher. Und ihm war es egal, wo er war – Hauptsache, er war nackt und mit Kindra zusammen.

Aber sie schüttelte den Kopf. »Ich bin schon verabredet. Heute ist Freitag. Ich spiele in einem Bowlingverein, und freitags trainieren wir immer.«

Kindra bowlte? Das überstieg eindeutig sein Vorstellungsvermögen. Vielleicht, weil er sie nie in etwas anderem als blauen oder schwarzen Businesskostümen und High Heels gesehen hatte.

Bowling war für ihn kein Sport. Man stand einfach nur da und warf mit einer Kugel nach Plastikpins. Golf war da schon etwas anderes. Das war ein richtiges Spiel.

»Kannst du das Training heute nicht mal ausfallen lassen?« Verdammt, er klang übereifrig und viel zu erwartungsvoll. Vielleicht sollte er seine Ungeduld ein wenig zügeln.

»Nein. Mein Team verliert meine Punkte, wenn ich nicht auftauche. Das kann ich nicht machen.«

Gut. Es war schließlich nicht so, als bräuchte er es unglaublich dringend oder so. Kein Grund zu übermäßiger Eile. Er war nicht verzweifelt. In letzter Zeit hatte er jede Menge Sex gehabt. Also, ziemlich viel. Na ja, ehrlich gesagt … nicht wirklich.

Und vor allen Dingen nicht mit Kindra.

»Dann morgen Abend?«

Wieder fuhr sie sich mit der Zunge über die Lippen.

Weiche, volle Lippen, die fürs Küssen und Saugen und Knabbern praktisch wie gemacht zu sein schienen. Lippen, die sich ganz bestimmt wundervoll anfühlten, wenn sie es ihm mit dem Mund besorgte.

Gequält biss er die Zähne zusammen.

»Okay«, sagte sie und sah aus, als hätte sie soeben eine zehn- bis fünfzehnjährige Strafe im Staatsgefängnis aufgebrummt bekommen. »Morgen Abend.«

Begeisterung sah anders aus.

Möglicherweise würde es doch nicht so leicht werden, wie er es sich ausgemalt hatte. Immerhin hatte sie sich offenbar dazu entschlossen, enthaltsam zu leben und auf richtigen Sex zu verzichten. Dafür musste es einen Grund geben. Und Argumente, die er entkräften musste. Genau das würde er tun. Selbst wenn es die ganze Nacht dauerte.

Da sie gerade davon sprachen – dieser Punkt musste noch unmissverständlich klargestellt werden. »Du musst mir wenigstens zwölf Stunden zugestehen, um meine Beweise erbringen zu können, Kindra.«

Kindra blinzelte verwundert. Zwölf Stunden? Er plante, es ihr zwölf Stunden lang zu beweisen? Dabei wäre sie schon mit zehn Minuten und einem freundlichen Winken auf seinem Weg nach draußen zufrieden gewesen.

»Ist das nicht ein bisschen lange?«

Lässig stand er gegen ihren Schreibtisch gelehnt. Als er sich bewegte, berührte sein Bein ihr Knie. Kindra erschauerte und schlug die Beine andersherum übereinander, um wieder etwas Abstand zwischen sich und ihn zu bringen.

Ein kleines wissendes Lächeln huschte über sein Gesicht. »Um eine Sache wirklich gut zu machen, ist es manchmal wichtig, es langsam angehen zu lassen. Und ab und zu ist es sogar *so* gut, dass man sich genügend Zeit wünscht, um es noch einmal zu machen.«

Das war Kindra bis jetzt noch nicht passiert. Sie hatte bisher immer nur die Erfahrung gemacht, dass sie nach dem ersten Mal keine Lust auf eine Zugabe gehabt hatte.

Vollkommen unerwartet tauchte vor ihrem inneren Auge das Bild von Mack auf, der – wild entschlossen, sie zum Orgasmus zu bringen – wieder und wieder über sie herfiel.

Vielleicht war das Ganze doch keine so gute Idee.

Wenn sie nun mit Mack schlief und es grauenvoll war – welche Phantasien würden ihr dann noch bleiben? Sie traute sich nicht einmal zu zählen, wie viele Male es Macks

Gesicht gewesen war, das sie sich vorgestellt hatte, wenn sie mit Russ gechattet hatte.

Hinzu kam noch, dass – sollte es tatsächlich ein Desaster werden – alle zukünftigen Begegnungen mit Mack unglaublich peinlich werden würden. Es war schließlich unvermeidlich, dass sie sich auf dem Flur in der Firma über den Weg liefen. Kindra sah es praktisch schon vor sich: Voller Unbehagen würde er den Blick senken, und sie würde rot anlaufen. Sie arbeiteten gemeinsam an einem Entwurf für die Website eines Cafés und würden zwangsläufig ziemlich viel Zeit miteinander verbringen müssen.

Es würde einfach grässlich werden, entsetzlich, es würde ihr schlimme, hämmernde Kopfschmerzen verursachen …

»Kindra.«

»Ja?« Sie warf Mack einen Blick zu, aus dem ihre Panik sprach.

»Keine Angst. Es müssen ja keine zwölf Stunden werden. Es kann so kurz oder so lange dauern, wie *du* möchtest.« Er beugte sich vor und ergriff ihre Hand.

Aber es war keine behutsame Liebkosung. Und auch kein verständnisvoller Händedruck. Es war ein kraftvoller Griff. Beinahe mühelos zog er sie auf die Füße. Kindra musste tief einatmen, als er seine Arme um ihre Taille schlang und sie an sich presste.

Das hier passierte nicht wirklich, oder?

Sie stand mitten am Tag in ihrem Büro, umschlossen von Mack Stones Armen! Sein Körper fühlte sich genauso stark und durchtrainiert an, wie er aussah.

Unwillkürlich hob sie die Hände und legte sie auf seine Brust, um eine Art Barriere zu ihm aufzubauen und sich zu schützen.

Doch statt ihn von sich zu schieben, glitten ihre treulosen kleinen Hände über sein frisches Oberhemd und ertasteten die harten Muskeln, die sich darunter abzeichneten. Mit seinem Bein strich er ruhelos an ihrem Schenkel entlang.

»Ich habe das Gefühl«, flüsterte er, wobei seine Lippen ihr Ohrläppchen berührten, »dass wir nicht annähernd zwölf Stunden benötigen werden, um dich von meinem Beweis zu überzeugen.«

Seine Zunge glitt in ihr Ohr, und Kindra schnappte nach Luft.

»Aber ich denke, wir werden die zwölf Stunden auf jeden Fall wollen und ausnutzen.«

Im Augenblick wollte Kindra so vieles – vor allem, dass Mack gleich hier, auf dem Fußboden ihres Büros, seine Theorie in die Praxis umsetzte.

Mit einem leisen Aufseufzen drängte sie sich an ihn und spürte seine Erregung.

Mack stöhnte auf.

Augenblicklich durchströmte Hitze ihren Körper. Sie hatte Mack Stone zum Stöhnen gebracht. Konnte es etwas Antörnenderes geben?

»Scheiße«, stieß er heftig hervor und fasste sie an den Schultern. »Das alles geht viel zu schnell.«

Sagt wer?

Wenn sie mutig gewesen wäre, hätte sie ihn gepackt und ihn dazu gezwungen, genauso schnell und stürmisch weiterzumachen. Aber Kindra hatte nie behauptet, mutig zu sein. Weder im Beruf noch in ihrem Privatleben. Und ganz gewiss nicht, was Sex betraf.

»Ich will, dass wir es richtig machen und uns Zeit lassen«, sagte er und schob sie ein Stückchen von sich. »Immerhin habe ich dir gerade versprochen, dass du den besten Sex deines Lebens haben wirst.«

Kindra musste sich mühsam zusammenreißen, um bei Macks Worten nicht in einem Anfall unbändiger Vorfreude auf dem Fußboden zu kollabieren. Sie brachte keinen Ton heraus.

Sie schluckte.

Mack rammte seine Hände in die Hosentaschen. Dann zog er sie wieder heraus und blickte Kindra an. »Ach, Scheiße. Bist du sicher, dass du heute Abend keine Zeit hast?«

Er sah verzweifelt aus. Er klang verzweifelt. Mack Stone. Verzweifelt. Ihretwegen.

Ihr lagen die Worte auf der Zunge. Sie stand kurz davor zu sagen: *Vergiss das Bowlen und nimm mich!,* als plötzlich die Bürotür aufflog. Voller Entsetzen beobachtete sie, wie ihre Freundin Ashley hereinkam.

Ashley machte drei forsche Schritte, bevor sie bemerkte, dass Kindra nicht allein war.

»Oh! Entschuldigung. Ich wusste nicht, dass du hier bei Kindra bist, Mack.«

Kindra stand da, nur wenige Zentimeter von Mack entfernt, und war sich sicher, dass ihr Betretenheit und Verwirrung ins Gesicht geschrieben standen. Ebenso gut hätte sie ein blinkendes Schild auf der Stirn haben können: *Sex … verzweifelt gesucht.*

Mack schenkte Ashley ein feines, charmantes Lächeln. »Kein Problem. Könntest du uns noch einen Augenblick allein geben? Dann werde ich euch anschließend auch in Ruhe lassen – versprochen.«

Kindra verschränkte die Arme vor der Brust und trat einen Schritt zurück. Musste Mack sich so unglaublich plump und eindeutig verhalten? Noch lange, nachdem er seine zwölf Stunden mit ihr gehabt hätte, würde sie schließlich mit diesen Menschen zusammenarbeiten müssen. Ihr gefiel die Vorstellung, Gegenstand und Mittelpunkt des Büroklatsches zu sein, ganz und gar nicht – auch wenn Ashley eine gute Freundin war. Wenn er sich in Ashleys Gegenwart schon so auffällig verhielt, wem gegenüber würde er sie dann noch in Verlegenheit bringen?

»Was wolltest du, Ashley?«, fragte sie mit fester Stimme.

Ashley wirkte überrascht und strich sich die wilden blonden Locken glatt. Mit großen Augen blickte sie zwischen den beiden hin und her. »Ich wollte eigentlich nur schauen, ob du fertig bist, um mit mir zum Mittagessen zu gehen.«

»Ich bin fertig.« Vielleicht würde ein kühles Getränk das Feuer löschen, das Mack in ihrem Innern entfacht hatte.

Ihre Füße trugen sie bereits ganz automatisch zur Tür, als Mack unvermittelt ihre Hand ergriff und Kindra zurückhielt. »Wir sind hier noch nicht fertig.«

Beim Klang seiner Stimme überkam sie unwillkürlich das Gefühl, als würden Finger ihr über den Rücken streicheln, prickelnd und aufreizend. Kindra erstarrte. »Was gibt es denn da noch zu bereden?«

Mit seinem Finger strich er über ihren Handrücken. »Na zum Beispiel, um wie viel Uhr ich dich morgen abholen soll.«

Sie hätte nicht nachfragen sollen. Ashley schnappte nach Luft und sah aus wie ein Fisch an der Angel.

»Wir können das später besprechen«, erwiderte sie und klang dabei seltsam schrill.

Er ging um sie herum und ließ ihre Hand los. Ohne die Augen von ihr zu wenden, lief er Richtung Tür. Ein kleines, gefährliches Lächeln umspielte seine Mundwinkel. Sie traute diesem Lächeln nicht.

»Okay«, sagte er mit einem Nicken.

Dann schlenderte er zur Tür hinaus – lässig und unglaublich männlich. »Bye, Ashley. Bis später, Kindra«, rief er den beiden Frauen über die Schulter zu.

Kindra blickte ihm sprachlos hinterher. Das alles hier ging einfach über ihren Verstand.

»Worum ging es denn eigentlich?«, flüsterte Ashley und blickte ihre Freundin fragend an.

»Mack will mit mir ausgehen.« Irgendwie. Als Eröffnung für eine zwölfstündige Studie in horizontaler Stellung.

»Echt?« Ashley fächelte sich Luft zu. »Wow. Weiter so, Herzchen! Und jetzt musst du mir erst mal jedes einzelne Wort erzählen, das er zu dir gesagt hat.«

Keine Chance. »Hey, hör mal zu, Ash, kann ich dich in fünf Minuten in deinem Büro abholen? Ich muss hier schnell noch ein paar Kleinigkeiten erledigen.«

Wie zum Beispiel die E-Mail von Russ zu löschen, damit sie nicht noch eine böse Überraschung erleben würde.

Ashley blickte sie neugierig an, zuckte dann jedoch die Achseln. »Okay.«

»Danke.«

Sobald Ashley das Büro verlassen hatte, setzte Kindra sich in den Sessel an ihrem Schreibtisch und öffnete die verräterische E-Mail wieder. In den letzten zwei Monaten hatte sie sich sexy E-Mails mit Russ geschrieben, und fast jede Freitag- und Samstagnacht hatten die beiden sich in einem privaten Chatroom getroffen und sich »live« unterhalten.

Es war eine harmlose Geschichte gewesen.

Bis jetzt.

Hastig löschte sie die Mail. Sie wollte schnell eine kurze Nachricht an Russ losschicken, um ihm zu erklären, dass sie viel zu tun hätte, ihn aber nach dem Bowling zur üblichen Zeit am üblichen Ort treffen würde. Ihr Finger lag schon auf der Computermaus, um eine neue E-Mail zu öffnen, als sie eine gerade eingegangene Nachricht in ihrem Postfach bemerkte.

Von Mack Stone.

Beim bloßen Anblick dieses Namens fing ihr Körper Feuer wie ein Streichholz …

Mist. Jetzt steckte sie in echten Schwierigkeiten.

Sie warf einen Blick über die Schulter, um sicherzugehen, dass niemand hinter ihr aufgetaucht war, und klickte dann nervös die Nachricht an.

Ich werde dich um sieben Uhr abholen. Dinner im Mojo's. *Wie lautet deine Adresse?*

– M.

Kindra, ich will dich so sehr.

Kein Gruß, keine Einleitung, keine lustigen Smileys. Einfach … *bam.* Direkt zwischen die Schenkel.

Kurz entschlossen fügte Kindra eine Adresse in eine neue E-Mail ein. Betreff: *Date.*

Dann schrieb sie:

Russ, es tut mir leid, aber ich muss unser Date heute Abend absagen. Ich habe Kopfschmerzen.

Mack hatte sie noch nicht einmal berührt – und dennoch hatte er sie schon jetzt für andere Männer ruiniert.

2. Kapitel

»Ich kann nicht glauben, dass du dich entschlossen hast, mit uns zum Bowling zu gehen, obwohl du jetzt mit Mack Stone ein Date haben könntest.« Während sie ihre pinkfarbene Bowlingkugel aus dem Ballrücklauf nahm, schüttelte Ashley – fassungslos über Kindras Entscheidung – den Kopf.

Müde fuhr Kindra sich mit dem Handrücken über die Augen. Ihre Freundinnen hatten ihr in den vergangenen vierzig Minuten wegen der Verabredung mit Mack gründlich auf den Zahn gefühlt. Dabei hatte sie beim Mittagessen mit Ashley schon eine ähnliche Befragung über sich ergehen lassen müssen.

Trish, die Jeans und dazu ein knallrotes T-Shirt trug, das zu ihren Bowlingschuhen passte, stellte mit einem verächtlichen Schnauben ihr Bier ab. »Ernsthaft, Kindra, warum spielst du mit Bowlingkugeln, wenn du jetzt auch mit Mack Stones Kugeln spielen könntest?«

»Trish!« Kindra spürte, wie sie rot wurde.

Ashley und Trish lachten. Sogar Violet, die für gewöhnlich noch ruhiger als Kindra war, wirkte zwar schockiert, aber durchaus belustigt.

Wenn die drei wüssten, wie sehr sie sich wünschte, mit Mack Stone und all seinen Körperteilen zu spielen, wären sie sicherlich mehr als schockiert. Ihnen würde schier der Atem stocken.

»Ich wollte das Team nicht im Stich lassen. Ich werde morgen Abend mit Mack ausgehen.«

»Wir hätten es dir nicht übelgenommen«, entgegnete Violet. Sie tätschelte Kindras Bein, als sie sich neben sie auf die Bank sinken ließ.

Kindra wusste, dass ihre Freundinnen es ihr verziehen hätten, wenn sie nicht gekommen wäre. Und sie war die mit Abstand schlechteste Bowlerin unter ihnen, so dass sie sie wohl kaum vermisst hätten. Aber die Entschuldigung war ihr gerade recht gekommen. Sie brauchte diese vierundzwanzig Stunden, bevor sie Mack gegenübertreten konnte.

Falls sie Mack denn überhaupt gegenübertreten würde. Denn ein Teil von ihr fragte sich noch immer, ob es nicht besser war, alles abzusagen und zu Russ zurückzukehren.

Sie wusste, was sie an Russ hatte. Mit ihm war es sicher, sauber, unkompliziert. Er kannte nicht einmal ihren Nachnamen oder ihren Wohnort. Soweit sie informiert war, lebte Russ irgendwo in Alaska. Ihn würde sie niemals zufällig am Wasserspender treffen müssen, und von ihm würde sie auch niemals in ihrem Büro in die Enge getrieben werden.

Ashley hatte ihre Würfe ausgeführt und stapfte nun, die Hände in die Hüften gestemmt, zurück zu den anderen. »*Spare*. Zum dritten Mal in Folge.«

»Ich glaube, ich sage die Verabredung ab«, platzte Kindra unvermittelt heraus.

Trish, die bereits an der Bahn stand, ließ vor Schreck ihre Bowlingkugel auf den Boden fallen. Es krachte laut, die Kugel geriet ins Trudeln und landete in der Rinne. »Scheiße, Kindra! Deinetwegen habe ich einen Fehlwurf hingelegt!«

Während Trishs Kugel noch langsam die Rinne entlangrollte, wurde Kindra von ihren Freundinnen belagert.

»Du bist verrückt«, sagte Ashley.

»Unzurechnungsfähig«, versetzte Trish.

Kindra wandte sich Violet zu. »Was denkst du?« Vielleicht würde ja wenigstens Violet sich auf ihre Seite schlagen.

Violet schob sich ihr langes dunkles Haar aus dem Gesicht. »Ich mache dir keine Vorwürfe, Kindra. Er scheint mir doch der Typ Mann zu sein, mit dem ich auch nicht ausgehen würde. Ich bevorzuge nette Kerle.«

»Du bevorzugst Idioten«, erwiderte Trish abfällig.

Obwohl Trish und ihre Vorliebe für Bad Boys auch nicht gerade Kindras Geschmack entsprachen, musste sie ihr doch recht geben, dass Violet sich eher zu den ruhigen und langweiligen Typen hingezogen fühlte. Ihre Männer waren wie ... milde Salsasoße. Aber was sollte es? Manchmal war man damit weitaus besser dran ...

»Das stimmt nicht.« Violet zupfte ihren Rollkragenpullover zurecht, der mit kleinen Kürbissen verziert war, und schüttelte den Kopf.

Was »Tarnkleidung« anging, bewies Violet eindeutig ein noch größeres Geschick als sie. Sicher, es war Oktober und schon etwas kühl – also war ein Rollkragenpullover vermutlich nichts Ungewöhnliches und durchaus berechtigt. Aber ... Kürbisse? Kindra konnte das nicht verstehen. Sie selbst stand auch nicht unbedingt auf freizügige Kleider und neigte eher dazu, bei der Arbeit konservative Kostüme und am Wochenende Trainingshosen anzuziehen. Aber noch nie hatte sie den dringenden Wunsch verspürt, winzige Kürbisse auf ihrer Brust zu tragen.

»Tja.« Mit einer Handbewegung wischte Trish Violets Einwand beiseite. »Wenn man Ashley so reden hört, ist dieser Typ heißer als heiß. Und falls du ernsthaft absagen solltest, bist du einfach verrückt.« Sie grinste. »Oder ein Riesenfeigling.«

Das stimmte. Sie war ein Riesenfeigling. Und an ihrem sechsundzwanzigsten Geburtstag im Juli hatte sie sich selbst eigentlich geschworen, dass das aufhören musste. Sie hatte das Kommando über ihr Leben übernehmen wollen.

Und das war auch der Grund gewesen, warum sie Russ gesucht und gefunden hatte. Mit realen Männern hatte es in den letzten zehn Jahren mehr schlecht als recht funktioniert. Selbstverständlich war auch Russ real, aber er war körperlich eben nicht anwesend. Egal. Auf jeden Fall hatte sie ein Zeichen gesetzt und bewiesen, dass sie nicht mehr feige sein wollte.

Und jetzt tat sie es schon wieder.

Gequält schloss sie die Augen. Wieder überfiel sie das Gefühl, Macks Körper an den ihren geschmiegt zu spüren.

»Na gut, dann sage ich eben nicht ab.«

»Gut so!« Ashley klatschte sie ab und sagte: »Also, was ziehst du an? Denn falls du mit dem Gedanken spielst, deine Jogginghose anzuziehen, werde ich dir persönlich den Hintern versohlen!«

Wenn sie die Kleidungsstücke, die sie zur Arbeit trug, und die Jogginganzüge einmal außen vor ließ, blieben ihr nicht mehr viele Möglichkeiten. »Jeans?«, schlug sie vor und biss sich auf die Unterlippe.

»Kommt auf die Jeans an«, erwiderte Trish. Sie deutete mit dem Daumen auf die Bahn. »Violet, du bist dran.«

Ashley blickte sie lange und eindringlich an. »Mach dir keine Sorgen«, sagte sie schließlich. »Wir werden dich schon zurechtmachen. Wenn wir erst mit dir fertig sind, wird Mack Stone dir aus der Hand fressen.«

Nun, ihre Hand war nicht gerade der Körperteil, dem Mack unbedingt seine ungeteilte Aufmerksamkeit schenken sollte …

Kindra seufzte lautlos. Himmel, sie verwandelte sich allmählich in das reinste Flittchen – und hatte Spaß dabei.

Als es am Samstag auf sieben Uhr zuging, war Mack nervös und scharf. Nicht unbedingt in der Reihenfolge.

Nervös, weil er das hier unbedingt richtig machen wollte.

Scharf, weil … nun ja, weil er Sex mit Kindra haben würde.

Während Mack durch das *West Park*-Viertel fuhr, wo sich ein hübsches, gepflegtes Häuschen an das nächste reihte, fragte er sich wieder, warum eine Frau wie Kindra dem Sex abgeschworen hatte. Er zweifelte nicht eine Sekunde daran, dass es tatsächlich so war und sie ihm nichts vorgemacht hatte – der Ausdruck auf ihrem Gesicht war einfach zu ernst gewesen.

Vielleicht hatte sie diese Entscheidung nur getroffen, weil sie eine furchtbare Beziehung erlebt hatte. Oder weil sich kein Mann je die Zeit genommen hatte, sie richtig zu verwöhnen und zu befriedigen. Es machte ihn wütend, dass es Männer gab, die nur nahmen und keinen Gedanken an die Bedürfnisse der Frau verschwendeten. Er selbst war erst zufrieden, wenn auch die Frau, mit der er schlief, zufrieden war.

Wenn Kindra eine Reihe lausiger Liebhaber über sich hatte ergehen lassen müssen, war es kein Wunder, dass sie kein Interesse mehr an Sex hatte. Aber das würde er leicht in Ordnung bringen können. Er würde sie befriedigen. Immerhin hatte er zwölf Stunden Zeit dazu.

Mack bog auf die Auffahrt eines kleinen weißen *Cape Cod*-Holzhauses mit grauen Fensterläden. Es war winzig, aber liebevoll gepflegt. Auf den Stufen, die zur Eingangstür führten, standen ein paar ausgehöhlte Kürbisse. Mack hatte sich Kindra nie als Hausbesitzerin vorgestellt.

Im vergangenen Jahr hatten sie zwar viel zusammengearbeitet, doch das Einzige, was er mit Sicherheit über sie sagen konnte, war, dass sie intelligent war. Sie beherrschte ihren Job. Sie arbeitete zügig und beklagte sich nie.

Aber bis auf diese Tatsache konnte er nicht gerade behaupten, dass er irgendetwas über Kindra wusste.

Er wollte sie kennenlernen. Und nicht nur körperlich. Er fühlte sich zu ihr hingezogen, war gefesselt von diesem Funkeln in ihren Augen, das von Zeit zu Zeit aufblitzte.

Nachdem er seinen schwarzen Geländewagen geparkt hatte, sprang er hinaus, ging zur Tür und klingelte. Er wartete. Und wartete. Wieder klingelte er.

Ungeduldig wippte er auf seinen Zehen und spähte durch das Fenster. Er konnte nicht sagen, ob sie zu Hause war oder nicht. Hatte sie ihn versetzt? Das war ihm nicht mehr passiert seit … eigentlich noch nie.

Plötzlich flog die Tür auf. Kindra stand vor ihm, mit blassem Gesicht und großen Augen. Ihr Haar hatte sie noch immer streng mit einer Spange hochgesteckt, und soweit er es erkennen konnte, hatte sie kein Make-up aufgelegt. Sie trug einen Jeansrock.

Der Rock umschmeichelte ihre Hüften und endete vier oder fünf Zentimeter über ihren Knien, mit einem neckischen kleinen Schlitz in der Mitte. Mack musste tief Luft holen. Schon oft hatte er Kindras Beine während der Arbeit gesehen – aber da steckten diese Beine für gewöhnlich in

Nylonstrümpfen und schauten unter einem unförmigen schwarzen Rock hervor.

Jetzt waren ihre glatten, samtigen Beine nackt und forderten seine Hände regelrecht dazu auf, über diese Schenkel zu streicheln. Sie trug geschnürte hochhackige Sandalen, und ihre Zehennägel waren kastanienbraun lackiert. Unvermittelt stellte Mack sich vor, wie diese Füße über ein weißes Bettlaken glitten ...

Zu dem Rock hatte sie ein marineblaues Trägertop gewählt. Es war nicht einmal im Geringsten freizügig. Doch angesichts der Tatsache, dass Mack sie nur in den langweiligen Kostümen kannte, die sie bei der Arbeit trug, war es geradezu verführerisch.

Das Baumwolltop spannte über ihren vollen Brüsten. Beinahe ehrfürchtig betrachtete er sie. Kindra hatte diesen wundervollen Busen bisher wirklich gut vor aller Augen verborgen.

»Hi«, sagte sie atemlos.

»Hi«, erwiderte er und sah sie an. Doch er konnte nicht anders und ließ seinen Blick wieder zu ihren Brüsten schweifen. Warum hatte sie sie so lange verborgen? Das entbehrte jeder Logik.

Unwillkürlich verschränkte sie die Arme vor der Brust, und eine leichte Röte überzog ihre Wangen. Ihre Verlegenheit war offensichtlich. Und auch das fand Mack erregend.

Mit einem Lächeln streckte er die Hände aus und zog ihre Arme behutsam herunter. »Nein, versteck dich nicht. Mir gefällt, was ich sehe. Du hast einen phantastischen Körper, Kindra.«

Sie entzog ihm ihre Hände. »Das ist mir peinlich, Mack.«

»Ich werde das alles sowieso früher oder später zu Gesicht bekommen.«

»Später«, flüsterte sie.

»Also hast du es dir nicht noch einmal anders überlegt?« Er musste es aus ihrem Mund hören, musste, nachdem sie vierundzwanzig Stunden Zeit gehabt hatte, um darüber nachzudenken, von ihr selbst hören, dass das hier genau das war, was sie tun wollte.

Sie atmete kräftig durch. Mit der Hand spielte sie abwesend an der Spange in ihrem Haar herum. Schließlich holte sie noch einmal tief Luft und sagte mit fester Stimme: »Nein. Ich habe es mir nicht anders überlegt.«

Gott sei Dank. Mack musste sich zusammenreißen, um nicht vor ihr auf die Knie zu fallen und ihr vor lauter Dankbarkeit die Füße zu küssen. Aber einen Augenblick lang hatte er tatsächlich auch um seine körperliche Unversehrtheit gefürchtet. Denn wenn sie nein gesagt hätte, hätte er echten Schaden genommen – höchstwahrscheinlich wäre er vor lauter aufgestautem Druck, den er nicht loswerden konnte, schlichtweg explodiert.

Er lächelte sie an. »Das freut mich. Bist du fertig fürs Abendessen?«

Während der zehnminütigen Fahrt zu einem Restaurant in einem trendigen Szeneviertel sprachen sie kein Wort.

Kindra schien sich ganz aufs Atmen zu konzentrieren und hatte ihre Beine übereinandergeschlagen, wobei sie offenbar darauf achtete, möglichst viel Abstand zwischen sich und Mack zu halten.

Mack hingegen konzentrierte sich aufs Fahren und darauf, sie, so oft es ihm gelang, zu berühren – natürlich rein zufällig.

Einmal stieß er sie mit dem Oberschenkel an, ein anderes Mal geriet er aus Versehen an ihren Arm. Am Ende der Fahrt beugte er sich genüsslich über sie, um seine Sonnenbrille aus dem Handschuhfach zu holen.

Kindra hielt unwillkürlich den Atem an und erstarrte.

Ob Kindra diese kleinen Berührungen als erregend empfand, konnte er nicht erkennen. Aber ihn machten sie auf jeden Fall heiß – und sie machten Lust auf mehr.

Mack hatte frühzeitig im *Mojo's* angerufen und den kleinsten Tisch in der dunkelsten und hintersten Ecke reserviert. Als er nun mit Kindra zusammen zu ihrem Platz ging, seine Hand auf ihren Rücken gelegt, war er erleichtert, dass man seinem Wunsch nachgekommen war.

Sie setzten sich. Mack war zufrieden – genau so hatte er es sich vorgestellt. Grünpflanzen und das gedämpfte Licht sorgten dafür, dass sie von den Nachbartischen aus nicht so leicht zu sehen waren. Dank des winzigen Tisches blieb es nicht aus, dass sie wirklich *sehr* dicht beieinandersaßen. Ihre Knie berührten sich.

Langsam ließ Mack seine Hand unter den Tisch gleiten und strich über Kindras nacktes Knie. Locker und sacht.

Sie zuckte zusammen und zog augenblicklich ihr Bein zurück.

Mack schmunzelte. Er hatte sich vorgenommen, während des Essens herauszufinden, warum genau Kindra Cybersex dem echten Sex vorzog. Und wie er sie am besten befriedigte. Wie er sie zum Stöhnen brachte. Wie er sie so weit trieb, nach mehr zu flehen.

Er rutschte unruhig auf seinem Stuhl herum, als er merkte, wie seine Erregung unter dem schwarzen Stoff der Hose unaufhaltsam wuchs. Verdammt. Wenn er nicht aufhörte, darüber nachzudenken, würde er mit seinem Ständer noch den ganzen Tisch umstoßen.

»Also. Wie kommt ein nettes Mädchen wie du dazu, Cybersex zu haben?«, platzte er heraus und nutzte den Überraschungsmoment.

Kindra verschluckte beinahe die Zitronenspalte in ihrem Eistee. Mit Tränen in den Augen hustete sie los.

Sie hätte wissen müssen, dass Mack neugierig sein und sie ganz offen darauf ansprechen würde. Gerade bei der Arbeit zeichnete ihn dieser Wissensdurst aus – diese Eigenschaft war es unter anderem, die ihn zu einem guten Designer machte. Aber hier redeten sie nicht über Downloadzeiten. Sie redeten über *Sex*.

Andererseits … Dies war ja auch kein normales Date.

Mack Stone war ein Mann, der gern schnell zum Punkt kam. Die Zusammenarbeit mit ihm hatte ihr das gezeigt. Und ihr Aufeinandertreffen in ihrem Büro am Vortag hatte diesen Eindruck nur noch bekräftigt.

Außerdem war er ein Frauenschwarm und kannte sich mit dem anderen Geschlecht ziemlich gut aus. Wo auch immer er auftauchte, fanden sich mit Sicherheit ein oder zwei willige Frauen, die kicherten und lächelten und ihm anboten, ihm gern einmal zur Hand zu gehen.

Für Mack war das hier vermutlich eine ganz alltägliche Situation. Zum Abendessen ausgehen, über Sex reden und es dann tun.

Aber für sie, die kleine Kindra Hill, war es nicht gerade eine Unterhaltung, wie sie sie jeden Tag führte. Für gewöhnlich sprach sie nicht über Sex.

Nun, wenn man einmal von Russ absah. Aber das war etwas anderes. Das war eine Art Ventil, ein Hobby. Einige

Frauen tauchten im Meer, andere Frauen strickten Pullover. Und Kindra schrieb sich mit Russ eben schmutzige E-Mails.

Was sich zugegebenermaßen erst einmal so anhörte, als wäre sie völlig verdorben – und mindestens ebenso erschreckend bemitleidenswert. Vielleicht war es noch nicht zu spät, um mit Schach oder Höhlenforschung zu beginnen. Tennis hörte sich doch auch nicht schlecht an.

Als Antwort auf seine Frage sagte sie nun vorsichtig: »Ich bin mir nicht sicher, ob dich das was angeht.«

Er wandte seine eisblauen Augen nicht von ihr. »Du gehst mich was an. Für heute Nacht jedenfalls. Ich will dich kennenlernen.«

Kindra zitterte und wünschte sich, sie hätte sich nicht von Ashley dazu überreden lassen, dieses ärmellose Top zu tragen. Es lag viel zu eng an und war vollkommen unangemessen, wenn man bedachte, dass bereits Oktober war – auch wenn die Temperatur am Nachmittag bei angenehmen einundzwanzig Grad gelegen hatte. Zu Hause hatte sie einen Jeansblazer über dem Top getragen. Doch der Schnitt des Blazers war so schmal gewesen, dass sie sich wie in einer Zwangsjacke gefühlt und die Jacke schließlich wieder ausgezogen hatte.

Im Augenblick wünschte sie sich, sie wäre von Kopf bis Fuß in Jeansklamotten gehüllt. In besonders weit geschnittene Jeansklamotten. Einen Jeanssack. Dann würde sie sich möglicherweise nicht so fühlen, als würde Mack sie ansehen und sie sich dabei nackt vorstellen.

Wenn sie ganz ehrlich war, sehnte sie sich natürlich danach, dass er sie nackt sah.

Nein – Korrektur –, sie wollte *ihn* nackt sehen.

Aber an diesen Punkt zu kommen war die Schwierigkeit. Warum nur war er nicht in der Sekunde, als sie die Tür geöffnet hatte, über sie hergefallen? Dann hätten sie sich dieses ganze Drumherum mit dem Essengehen einfach sparen können.

Doch damit hätte sie sich viel zu billig hergegeben. Sie fühlte sich ja jetzt schon schäbig. Vermutlich sollte sie sich von dem Kerl vorher wenigstens zum Essen einladen lassen.

Sie spürte, wie sie rot wurde. Bei realen Dates war sie einfach alles andere als erfahren und locker.

»Tja«, sagte Mack. »Wenn du schon schmutzige E-Mails schreiben möchtest, solltest du dir doch zumindest jemanden suchen, der auch etwas davon versteht.«

Obwohl das sehr interessant klang, war Kindra sich doch bewusst, dass sie sich an einem öffentlichen Ort befanden – auch wenn sie in einer abgeschiedenen Ecke saßen. Um sie herum waren noch andere Menschen. Und Macks Stimme kam Kindra sehr, sehr laut vor.

Sie öffnete den Mund, um ihn zu bitten, leiser zu reden.

»Ich meine, der Typ ist total unkreativ. Komm schon.« Er hob seine Stimme noch etwas. »›Ich will deine Nippel lecken, bis du wie eine Rakete kommst, heiß und feucht …‹«

Meine Güte. Wollte er vielleicht ein Mikrofon, falls der Küchenchef ihn noch nicht gehört hatte? Oder vielleicht könnte er auch eine Plakatwand mieten oder eine Homepage einrichten: www.Bring-Kindra-fuerchterlich-in-Verlegenheit.com. Verstohlen sah sie sich um und konnte nur mühsam dem Drang widerstehen, sich unter dem Tisch zu verstecken, als sie bemerkte, dass die Gäste an gleich zwei Tischen sie bereits angafften.

Mack schien ihr Entsetzen gar nicht aufzufallen. Oder die schockierten Mienen der anderen Restaurantgäste.

»Das klingt, als hätte er einfach einen schlechten Satz aus einem miesen Porno abgetippt.«

Kindra ballte die Hände zu Fäusten und flüsterte: »Mack!« Sah er denn nicht, wie unangenehm ihr diese ganze Situation war?

»Also, wenn ich etwas zu dir sagen müsste, wäre es so etwas wie: ›Ich kann nicht schlafen, ohne dich in meinen Träumen zu sehen.‹«

Einen Moment mal. Augenblick. Sie sah ihn überrascht an. Versuchte er gerade, poetisch zu sein? Das war nicht Teil ihrer Abmachung. Sie konnte nicht damit umgehen, wenn er ihr Dinge ins Ohr flüsterte, die Liebende einander sagten, und wenn es so wirkte, als würde er sie wirklich mögen. Es würde sie zu sehr daran erinnern, was sie sich eigentlich wünschte, wonach sie sich sehnte.

Kindra straffte unwillkürlich die Schultern und war über ihre eigenen Gedanken überrascht.

Was wollte sie denn tatsächlich?

Sex mit Mack, oder?

Sonst nichts.

Oder?

Mit seinem Bein streifte Mack unter dem Tisch ihr Knie, und sie spürte, wie das Gefühl, das diese Berührung ausgelöst hatte, ihren gesamten Körper durchzuckte.

»Nein? Nicht dein Stil? Wie wäre es mit: ›Du bist eine wunderschöne Frau. Ich will dich und sehne mich danach, dich zu schmecken.‹«

Kindra hatte geahnt, dass sie ihm nicht gewachsen sein würde. Und jetzt bewahrheitete sich diese Befürchtung. Er schien sie zu necken, und ein kleines Schmunzeln umspielte seine Mundwinkel. Und sie saß einfach nur stocksteif da, unfähig, sich zu rühren, und voller Angst, etwas zu sagen, das sie verriet und ihn spüren ließ, wie sehr sie sich nach ihm, seinen Berührungen sehnte. So fühlte sie sich in diesem Augenblick. Verletzlich.

»Auch nicht das Richtige für dich?« Mack lächelte geduldig. »Magst du es schmutzig? Ich kann auch schmutzig und schamlos sein, Kindra. Wie wäre es mit … ›Du hast einen geilen kleinen Arsch, und ich kann es kaum erwarten, dich von hinten zu nehmen.‹«

Wortlos starrte sie ihn an. Sie spürte förmlich, wie ihr die Kinnlade herunterklappte. Es dauerte einen Moment, bis sie die Sprache wiedergefunden hatte. »Ich glaube nicht, dass … äh … schmutzig meinem Stil entspricht.«

Nicht, dass sie einen besonderen Stil hätte. Aber das Mack *solche* Worte benutzte, wenn er über sie sprach, war einfach zu viel für sie. Viel zu viel.

Obwohl Russ ähnliche Worte andauernd gebrauchte. Doch Russ war ja auch nicht real. Mit Russ war es ungefähr so, als wäre ihr Computerbildschirm plötzlich zum Leben erwacht und würde mit ihr reden. Real, und doch seltsam irreal.

Russ stand ihr nicht von Angesicht zu Angesicht gegenüber. Mit hinreißend blauen Augen und mit festen Muskeln, die sich unter seinem kurzärmeligen Seidenhemd abzeichneten. Russ hatte keine dunkle, kraftvolle Stimme, die Frauen dazu bringen konnte, aufzuspringen und den Mond anzuheulen.

Russ war nicht Mack. So unglaublich real. Und so unglaublich nahe.

Mack lächelte. »Schmutzig ist also nicht dein Stil? Bis jetzt jedenfalls noch nicht.«

Wenn sie bereit gewesen wäre, ehrlich zu sein – was sie nicht vorhatte –, hätte sie zugeben müssen, dass es ihr gefiel, wenn er so redete. Aber nichts würde sie dazu bringen, das einzugestehen. Nicht in der Öffentlichkeit. Doch wenn er sich zu Hause wirklich anstrengen und all seine Energie und nackte Überzeugungskraft in die Waagschale werfen würde, wäre sie eventuell dazu bereit, in diesem Punkt ein Zugeständnis zu machen.

Die Bedienung balancierte ein paar Teller an ihren Tisch.

»Oh, schau mal, unser Essen ist da!« Kindra strahlte den Kellner an und nahm dann einen großen Schluck von ihrem Eistee.

Vielleicht hätte sie doch den Wein nehmen sollen, den Mack ihr stattdessen angeboten hatte. Sie fühlte sich ein wenig angespannt.

Als die Bedienung die dampfenden Fajitas serviert und sich wieder entfernt hatte, widmete Kindra ihre gesamte Aufmerksamkeit dem Essen und füllte andächtig eine Tortilla, die sie anschließend sorgfältig zusammenrollte.

Mack, der ebenfalls einen der köstlichen Maisfladen belegte, fragte unvermittelt: »Wie alt bist du eigentlich?«

Mit einer aufgespießten Peperoni auf der Gabel hielt Kindra inne und sah ihn an. Er blickte sie nicht an, sondern zerteilte ungerührt das Hühnchenfleisch. Es war eine harmlose Frage.

Also hob sie die Achseln und antwortete: »Ich bin sechsundzwanzig.«

»Seit wann arbeitest du für *MicroDesign?*«

»Seit vier Jahren.« Kindra biss von ihrer Fajita ab und genoss den würzigen Geschmack.

»Bist du Besitzerin des Hauses oder wohnst du dort zur Miete?«

War dies vielleicht ein Gespräch für einen Darlehensantrag?

Sie schluckte den Bissen herunter und entgegnete argwöhnisch: »Warum fragst du?«

Er zuckte die Schultern und lehnte sich auf seinem Stuhl zurück. »Ich versuche einfach nur, dich besser kennenzulernen. Das ist alles.«

Tja, dann hör damit auf. Das war das Letzte, was sie wollte.

Das hier sollte eigentlich so etwas wie die Live-Version von Russ werden. Anonym. Sex, nur purer Sex. Mack würde versuchen, seinen Standpunkt klarzumachen, für sie würde ein Wunschtraum, den sie jahrelang gehegt hatte, endlich Wirklichkeit werden, und alles würde in bester Ordnung sein. Am Montag würden sie so tun, als wäre das alles nicht geschehen, und ihr Leben würde weitergehen wie bisher.

Statt ihm genau das zu erklären, hörte Kindra sich selbst sagen: »Vor sechs Monaten habe ich das Haus gekauft. Ich war es leid, in einem Apartment zu wohnen.«

»Ich weiß, was du meinst. Ich habe Nachbarn, die sich andauernd anbrüllen. Und ich hätte so gern einen Hund, aber die Hausordnung verbietet das. Man darf in der Wohnung kein Tier halten, das mehr als zehn Pfund wiegt. Welcher Hund bitte schön wiegt unter zehn Pfund?« Er schüttelte den Kopf. »Kein Hund jedenfalls, den ich gern haben würde.«

Das Bild von Mack mit einem niedlichen kleinen Pudel tauchte vor ihrem inneren Auge auf. Sie konnte sich ein leises Lachen nicht verkneifen.

Mack hatte gerade die Gabel zum Mund führen wollen, hielt jetzt jedoch abrupt inne und blickte sie an. »Was?«

»Nichts.« Kindra tat so, als würde sie sich mit der Serviette die Lippen abtupfen, damit er ihr Lächeln nicht sehen konnte.

»Sag es mir.«

»Okay.« Sie ließ die Serviette sinken. »Ich habe mir dich nur dabei vorgestellt, wie du deinen Hund Gassi führst. Eine süße kleine Pudeldame mit Zierschleifchen im Haar und einem pinkfarbenen Pullover.«

Macks Lippen zuckten verdächtig. »Hey! Das wird niemals passieren.«

Kindra lachte. »Du könntest sie Bitsy nennen. Sie könnte dann mit deinem Laptop zusammen im Rucksack überallhin mitkommen.«

Mack sah sie belustigt an. Er grinste und sagte: »Das würde dir gefallen, oder?«

»Sehr sogar«, platzte sie begeistert heraus, ohne über ihre Worte nachzudenken. Für einen Augenblick hatte sie glatt vergessen, dass er Mack Stone war und sie sich ihm gegenüber nicht so einfach gehen lassen und sie selbst sein konnte. Sie hatte vergessen, was sie über die Jahre gelernt hatte – dass es besser war, sich in eine Ecke zurückzuziehen, statt die Aufmerksamkeit auf sich zu lenken.

Ihre Philosophie bei *MicroDesign* war: arbeiten und den Mund halten. Sie erledigte ihren Job und überließ die Büropolitik denen, die damit umgehen konnten und sich mit solchen Dingen auskannten.

Sie hatte sich stets im Hintergrund gehalten, ihren Körper und ihren Verstand zu verbergen gewusst.

Es hatte funktioniert.

Aber sie fühlte sich unerfüllt und rastlos. Übermütig. Unbesonnen.

Und fähig, sich auf einen One-Night-Stand mit Mack Stone einzulassen.

»Ich mag dich, Kindra«, sagte Mack. Seine Stimme klang nicht länger amüsiert, sondern erregt.

Ihr Lachen erstarb. Seine Hände waren auf ihren Knien. Himmel, er strich ihre Beine hinauf, höher, ihre Schenkel entlang, bis zu ihrer ...

Ein unterdrücktes Stöhnen entrang sich ihrer Brust. »Mack.«

War das *ihre* Stimme, die so lächerlich atemlos klang? Noch nie zuvor in ihrem Leben hatte sie dieses katzenähnliche Schnurren aus dem eigenen Mund gehört.

Verwirrt und angespannt versuchte Kindra, mit ihrem Stuhl ein Stück abzurücken – und stieß prompt gegen die Wand.

Macks Hand lag auf ihrem inneren Oberschenkel, knapp über dem Knie. Ganz leicht streichelte er sie. Ihr Rock war ein bisschen hochgerutscht. Er musste sich kaum vorbeugen, um sie zu erreichen, und sie fühlte sich seltsam – so musste sich ein Fisch an der Angel fühlen. Sie könnte zurückzucken und versuchen, seinen Händen zu entwischen, aber das würde es nur noch schlimmer machen.

Und eigentlich fühlte es sich ... gut an. Unanständig. Wenn irgendjemand in ihre Richtung schaute, würde er denken, dass Mack einfach nur seine Hand unter dem Tisch auf ihr Knie gelegt hatte. Keine große Sache. Leute machten das andauernd.

Sie hielt sich am Tisch fest und versuchte, sich so normal wie möglich zu verhalten.

Mit seiner freien Hand nahm Mack noch etwas von seinem Hühnchen. In seinem Blick lag eine feine Mischung aus gespielter Unschuld und sündigen Absichten.

Sie wollte ihn. Seine Finger bereiteten ihr süße, sündige Qualen. Sie waren so nah und doch so weit entfernt. Kindra hatte Schwierigkeiten, ruhig zu atmen. Ihre Brustspitzen waren hart und drängten sich beinahe schmerzhaft gegen ihr Top, und sie sehnte sich nach ihm, nach seiner Berührung und spürte die Lust in jeder Faser ihres Körpers.

Mit einem tiefen Atemzug griff sie nach ihrer Fajita.

In dem Moment zwickte Mack sie leicht in den Oberschenkel, und Hitze strömte bis zwischen ihre Beine. Ihre Hand zuckte unwillkürlich, die Fajita fiel auf den Tisch, und das Rindfleisch verteilte sich über die Decke.

In Macks blauen Augen stand sein Verlangen. »Ich denke, wir lassen das Dessert ausfallen, oder?«

Jep, ja, klar, das wäre gut.

Würde es mitleiderregend wirken und sie allzu lüstern aussehen lassen, wenn sie jetzt zur Eile drängte, auf der Stelle die Bedienung rief und nach der Rechnung verlangte?

»Ich bin nicht hungrig. Wir können uns das Essen einpacken lassen«, schlug Mack vor.

Von Minute zu Minute gefiel er ihr besser.

3. Kapitel

Mack hatte einige Probleme, sich aufs Fahren zu konzentrieren. Sein Blick wanderte unwillkürlich immer wieder zu Kindra, die auf dem Beifahrersitz die Beine übereinandergeschlagen hatte. Ihr Rock war bereits so weit hochgerutscht, dass es ihn auf keinen Fall mehr kaltlassen konnte.

Mit einem Griff unter den Jeansstoff könnte er ihr Höschen erreichen. Mack fluchte innerlich. Er hätte einen Automatikwagen statt eines Autos mit Gangschaltung kaufen sollen. Dann hätte er jetzt eine Hand frei, um sie unter Kindras Rock zu schieben.

Sie sprachen kein Wort, aber die Luft war erfüllt vom würzigen Duft des mexikanischen Essens, das sie sich hatten einpacken lassen, und von einer ordentlichen Portion sexueller Spannung.

Jeder Zentimeter seines Körpers war sich ihrer Nähe bewusst – ihrer vollen Brüste, die sich verführerisch hoben und senkten, ihrer schmalen Hände, die sie nervös bewegte, ihres süßen, blumigen Duftes.

Er war erregt und drauf und dran, die Kontrolle zu verlieren.

Kindra warf ihm aus ihren Augen, die von langen, dichten Wimpern umrahmt wurden, einen verstohlenen Blick zu.

Sein Geländewagen jagte mit gefühlten sechzig Kilometern pro Stunde auf die Auffahrt, und er trat die Bremse durch.

Erschrocken hatte Kindra sich am Armaturenbrett abgestützt und rang nun nach Luft. »Das war … schnell.«

»Kannst du bitte etwas für mich aus dem Handschuhfach holen?« Wenn er sich jetzt an ihren Brüsten vorbei nach vorn beugen müsste, würde er sich ohne Zweifel nicht zurückhalten können, sie zu küssen. Oder an ihnen zu saugen. Direkt hier, auf der Auffahrt.

»Sicher.« Sie öffnete das Fach. »Oh!«

Sie hatte die Riesenpackung Kondome entdeckt, die er hineingeworfen hatte. Größe: extralarge. Nicht, dass er damit angeben wollte, aber die normale Größe war einfach nicht angenehm zu tragen.

»Ja, nimm die Packung, Kindra, und dann lass uns reingehen.«

»Okay«, stieß sie hervor. Ihre Stimme klang seltsam schrill.

Behutsam nahm sie die Verpackung aus dem Handschuhfach und hielt sie am ausgestreckten Arm von sich weg, als handelte es sich dabei um schimmeligen Käse.

Sie stiegen aus dem Wagen, und er folgte ihr den Weg entlang bis zur Eingangstür. In ihrem Bestreben, die Packung mit den Kondomen so weit wie möglich von sich entfernt zu halten, hatte Kindra vergessen, ihren Rock glatt zu streichen.

Er rutschte und wippte, lag eng an ihrem kleinen festen Hintern und gab jede Menge Bein preis. Was das Ganze noch verführerischer machte, war die Tatsache, dass Kindra sich überhaupt nicht bewusst war, dass sie heißer als heiß aussah.

Auf der obersten Stufe nahm sie ihren Schlüssel und bückte sich leicht, um die Tür aufzuschließen.

Der Rock schmiegte sich an ihren Po. Mack konnte die Konturen ihres Slips sehen. Und das bedeutete das Ende seiner Beherrschung.

Als die Tür aufschwang, legte er seine Hände an ihre Taille und schob Kindra hinein. Ihr blieb kaum Zeit für einen überraschten Aufschrei, bevor er sie umgedreht hatte und sie hungrig küsste.

Verdammt, sie schmeckte gut. Süß und heiß und würzig.

Mit einem resignierten Seufzen öffnete sie ihre vollen Lippen, und mit seiner Zunge erkundete Mack ihren verlockenden Mund.

Er packte sie an der Taille, zog sie an sich, drängte sie gegen die Wand und stellte sich breitbeinig vor sie, damit sie ihm nicht entwischen konnte. Begierig streichelte er ihren Po, presste sich an sie, während seine Finger über den Jeansstoff ihres Rocks strichen. Viel zu viele Klamotten. Die mussten nötig verschwinden.

Er spürte ihren heißen Atem an seinem Ohr. Sie atmete schnell und stoßweise. Als er sich zurückzog, stöhnte sie gequält auf.

Dieser sinnliche, begehrliche Laut machte ihn fast verrückt und brachte ihn dazu, die Hand auszustrecken, sie wieder in seine Arme zu schließen und sanft an ihrer Unterlippe zu saugen. Erneut drückte er sie gegen die Wand.

Sie ließ den Kopf in den Nacken sinken und seufzte.

Lust durchströmte ihn. Er wollte sie mehr, als er jemals zuvor eine Frau gewollt hatte.

Und er würde sie bekommen.

Er hatte gerade seine Hand erhoben, um ihr das Top vom Leib zu reißen, als sie seinen Namen flüsterte. »Mack.«

Kindras ängstliche, zitternde Stimme ließ ihn abrupt innehalten. Verdammt. Er sollte es richtig machen, sollte sich Zeit nehmen und sollte ihr zeigen, dass Liebe und Sex etwas Wundervolles sein konnten – besser als alles, worüber man sich in einem Chatroom unterhalten konnte.

Vermassele das hier nicht für sie, ermahnte er sich. Sein Schwanz konnte auch mal fünf Minuten warten.

Er atmete tief durch und wich einen Schritt zurück. Dann schob er seine Hände in die Hosentaschen und räusperte sich. Innerlich zählte er langsam bis fünf.

Und mit einer fast normalen Stimme sagte er: »Wo ist dein Computer, Kindra?«

Kindra blinzelte verwirrt. Wovon, zur Hölle, sprach er? Sie stand noch immer an die Wand gelehnt, ein Knie leicht angewinkelt, nachdem er sein Bein zwischen ihre Schenkel gepresst hatte.

Er ging in ihr Wohnzimmer und sah sich um, als wäre nichts zwischen ihnen passiert. »Hast du eigentlich eine Standleitung ins Internet, oder muss ich mich extra einwählen?«, rief er ihr über die Schulter zu.

Warum? Wollte er sich eine CD bestellen? Seine E-Mails checken? Sie quälen?

Sie schälte sich von der Wand und fuhr sich mit dem Handrücken über die feuchten Lippen. »Was?«

Mack kam wieder auf sie zu. Obwohl seine Haltung locker war, konnte Kindra die Erektion sehen, die sich gegen den Stoff seiner schwarzen, lässigen Hose drängte. Und es war beruhigend zu sehen, dass ihn das alles auch nicht völlig kaltgelassen hatte.

»Cybersex. Erinnerst du dich? Wenn ich dir beweisen soll, dass die Realität besser ist, muss ich doch wissen, was der Typ dir geschrieben hat.« Bedächtig rieb er sich über das Kinn. »Ich werde vorlesen, was er geschrieben hat … und dann werde ich genau das mit dir anstellen – was immer es auch sein mag.«

Hallo! Kindra spürte, wie ihre Knie weich wurden. Wieder ließ sie sich gegen die Wand sinken. Mack war anderthalb Meter von ihr entfernt und schaffte es immer noch, ihr ein Prickeln über den gesamten Körper zu jagen.

Sein Blick glitt von ihren Füßen bis zu ihrem Gesicht. »Anschließend kannst du entscheiden, was besser ist«, sagte er, und seine Stimme klang fest.

»Er steht im Gästezimmer.« Sie wies den Flur hinunter. »Mein Schlafzimmer ist im oberen Stockwerk. Es ist ein großer, offener Raum – schließlich ist es ja ein *Cape Cod*-Haus. Die anderen beiden Schlafzimmer befinden sich hier unten. Eines davon nutze ich als Arbeitszimmer.«

Beschämt über den Blödsinn, den sie erzählte, presste sie die Lippen aufeinander, reichte Mack, der inzwischen den Arm ausgestreckt hatte und sie erwartungsvoll ansah, die Hand und ließ sich von ihm in Richtung des Arbeitszimmers ziehen.

Ihr Computer lief. Sie schaltete ihn so gut wie nie aus und hatte eine Standleitung ins Internet. Und so thronte der Rechner auf dem Schreibtisch, summte fröhlich vor sich hin und wartete auf sie.

»Öffne eine von seinen E-Mails«, forderte Mack sie bestimmt auf.

Kindra zögerte einen Moment lang und stand reglos mitten im Raum. Die Mails enthielten schließlich ein paar ziemlich explizite Formulierungen ... »Ich habe sie alle gelöscht«, stieß sie verlegen hervor.

Mack lächelte und hob seine Augenbrauen. »Hol sie doch einfach aus dem Papierkorb heraus, Kindra. Komm schon, es sind bestimmt noch einige Mails übrig, die noch nicht endgültig gelöscht worden sind.«

Der Raum war klein und mit dem Schreibtisch, einem Aktenschrank sowie einem Drehstuhl recht vollgestellt. Auf dem Fußboden lag ein flauschiger brauner Teppich, den sie eigentlich schon lange hatte ersetzen wollen. Mit ihren High Heels blieb sie nun auch prompt in einer losen Masche hängen und geriet ins Straucheln. Glücklicherweise fing Mack sie auf. Er hielt sie einen Herzschlag lang in seinen Armen, bevor er sie wieder freigab.

Ohne sich hinzusetzen, öffnete sie mit zitternden Fingern den Papierkorb ihres E-Mail-Programms und durchsuchte ihn nach E-Mails von Russ.

»Da ist eine.« Mack deutete auf den Bildschirm.

Da war sogar mehr als eine. Mindestens ein Dutzend E-Mails tauchten auf. In fetten schwarzen Lettern starrte Russ' E-Mail-Adresse sie an, als wollte sie sich über sie lustig machen. War sie überhaupt imstande, das hier zu tun? Die schüchterne Kindra?

Würde sie sich hingeben und würde sie es ohne Schuldgefühle genießen können? Und würde es ihr gelingen, Kindra, das Mauerblümchen, wenigstens für eine Nacht verbannen zu können?

»Öffne diese hier.«

Seine Stimme klang fordernd und doch sanft. Erregend, aber nicht beängstigend. Kindra wusste, dass er nichts tun würde, was sie nicht wollte.

Sie bewegte den Mauszeiger auf die E-Mail und klickte sie an.

Die Mail öffnete sich.

»›Kindra, was trägst du?‹«, las Mack vor. Er lachte leise. »Ich habe es ja gesagt: nicht besonders originell.«

Er wandte sich um, um sie zu betrachten. »Aber lass uns mal sehen … Was trägst du?«

Ohne sich zu rühren, stand Kindra vor dem Schreibtisch, während Mack um sie herumging und mit seinem Zeigefinger über ihren Rücken strich.

»Ein sexy Trägertop in Blau.« Langsam kam er zu ihrer Vorderseite. Mit dem Finger fuhr er über ihren Arm und bis hinunter zu ihren Brüsten. »Einen BH. Du trägst definitiv einen BH.«

Fast beiläufig berührte er ihre Brustspitze. Kindra atmete scharf ein und biss sich nervös auf die Unterlippe. Mack ließ seinen Finger zwischen ihre Brüste wandern. Sie erschauerte. Dann glitt er weiter runter bis zu ihrem Rock, wo er leicht am Bund zog.

»Einen Jeansrock.«

Weiter, weiter bewegte er sich, während sie die Augen ganz leicht zusammenkniff und die Hände unwillkürlich zu Fäusten ballte. Oh, Hilfe, er war in die Knie gegangen und hockte nun vor ihr. Sie wusste, was er tun würde – und doch wusste sie es nicht. Was auch immer es war, es würde für sie eine süße Qual werden. Sie wollte seine Hände auf ihrem Körper spüren. Beide Hände. Und sie wollte, dass er sie anfasste, streichelte. Diese zurückhaltende Berührung mit nur einem Finger reichte ihr nicht.

Aber das war vermutlich der Punkt: Er wollte, dass sie sich nach mehr sehnte.

Mack schob den Finger in den Schlitz ihres Rockes und hob den Stoff an.

Sie fühlte die kühle Luft auf ihren Schenkeln. Plötzlich strich er durch den Stoff ihres Höschens hindurch über ihre Lustperle. Sie spürte, wie sie feucht wurde.

»Ein Höschen.« Er betrachtete sie. »Ein sehr heißes, sehr durchsichtiges Höschen.«

Für sie selbst war es eine echte Überwindung gewesen. Es war ein brandneues, noch nie zuvor getragenes schwarzes, fast durchscheinendes Höschen. Im Spiegel hatte sie gesehen, wie es an ihr aussah. Und sie wusste genau, was Mack in diesem Moment erblickte. Sein Gesicht war nur wenige Zentimeter von ihren Löckchen entfernt. Alles, was er tun musste, war, das Höschen zur Seite zu ziehen und sie zu berühren …

Er zog ihren Rock wieder glatt. Vor Enttäuschung hätte Kindra losschluchzen können.

Mack streichelte derweil sanft über ihren Fuß. »Sandalen.«

Langsam erhob er sich, wobei er sie bewusst nur flüchtig streifte und nie ganz berührte, bis er sich zu seiner vollen Länge aufgerichtet hatte. Er war so groß, so kraftvoll, überragte sie trotz ihrer High Heels.

Dann neigte er sich zu ihr, die Lippen leicht geöffnet. Kindra schloss die Augen und wartete darauf, dass er sie wieder küsste. Doch sie wartete vergeblich. Er küsste sie nicht, sondern beugte sich vor, an ihrem Mund vorbei. Sie schlug verwirrt die Augen auf. Ihr Kopf wurde sanft zurückgezogen.

Mit einem überraschten Aufschrei begriff sie, dass er ihren Zopf löste.

»Eine Haarspange, die nicht länger im Haar sitzt.« Mack

warf die Spange achtlos über seine Schulter und fuhr Kindra mit den Fingern durchs Haar.

Es tat etwas weh. Er war nicht sanft, sondern ungeduldig und zog und zerrte an ihren Haaren – aber Kindra bemerkte es kaum. Zu erregend war der Ausdruck auf seinem Gesicht.

»Ich liebe dein Haar«, murmelte Mack. »Ich habe es kaum erwarten können, es offen zu sehen. Irgendwie wusste ich, dass es rote Strähnen haben würde.«

In diesem Moment hätte ihr Haar auch lila und grün sein können – es war ihr egal. Mutig streckte Kindra ihre Arme nach ihm aus, schlang sie um seinen Nacken und zog ihn zu sich heran, um ihn zu küssen.

Mack streifte ihren Mund und strich kurz mit seiner Zungenspitze über ihre Lippen, bevor er sich abrupt aus ihrer Umarmung löste. Wieder geriet sie ins Taumeln, als er sie losließ.

»Lass uns sehen, was dein Freund sonst noch so zu sagen hat.«

Kindra stand hinter Mack und beobachtete fasziniert, wie er weiter durch ihre E-Mails scrollte. Er meinte es offensichtlich sehr ernst. Er wollte tatsächlich Russ' E-Mails durchspielen.

Mack würde sie berühren und reizen und streicheln, bis sie entweder vor Lust vergehen oder um Gnade flehen würde – was auch immer zuerst passierte.

Gut, sie konnte mit beidem leben.

»Los geht's.« Mack richtete sich wieder auf und las: »›Ich wette, du hast großartige Titten, Kindra.‹«

Er warf einen Blick auf ihr enges Top. »Das kann ich nur bestätigen.«

Unbehaglich wischte Kindra die Hände an ihrem Rock ab und musste sich zusammenreißen, um nicht die Arme vor der Brust zu verschränken. Sie konnte sich nicht mehr an den genauen Wortlaut jeder E-Mail von Russ erinnern, also wusste sie nicht, was als Nächstes kam. Diese Ungewissheit war beängstigend und erregend zugleich.

Ungerührt fuhr Mack fort: »›Sie sind vermutlich rund und voll, mit harten, aufgerichteten Nippeln, die nur darauf warten, dass man an ihnen saugt. Ich sauge hart und schnell an ihnen, und meine Zunge schmeckt dich überall.‹«

Er verzog den Mund zu einem kleinen Lächeln. »›Hart‹ und ›aufgerichtet‹ sind überflüssig, und ich bezweifle, dass deine Nippel einen eigenen Willen haben, aber ich denke, wir haben verstanden, was gemeint ist.«

Unvermittelt trat Mack ganz nah zu ihr, und bevor Kindra überhaupt begriff, was gerade geschah, hatte er seinen Mund auch schon auf ihren Körper gepresst. Ohne Vorwarnung begann er, durch den Stoff ihres Tops hindurch an ihren Brustspitzen zu ziehen und zu saugen.

»Oh, mein Gott!«, stieß sie hervor und presste, verlegen über ihren Gefühlsausbruch, hastig die Lippen aufeinander.

Doch die Verlegenheit wich schnell der Lust.

Seine Hände lagen auf ihrer Taille, und er schob ihr Trägertop hoch. Die Haare an seinen Armen kitzelten auf ihrer Haut. Im nächsten Augenblick hatte er ihren BH heruntergezogen, und ihre Brüste waren nackt.

Mit seiner festen, feuchten Zunge reizte er sie. Kindra packte seine Schultern und stöhnte leise auf. Er war nicht einfühlsam oder zärtlich, sondern leckte hart und schnell über ihre Haut, bevor er ihren Nippel wieder in den Mund nahm und daran saugte.

O ja.

Mit seinen Zähnen knabberte er an ihr, und sie empfand eine seltsame Mischung aus Lust und Schmerz, die vollkommen neu für sie war – und ausgesprochen reizvoll. Als er sich abrupt erhob, taumelte sie gegen ihn. Sie wollte nicht, dass er aufhörte – nicht jetzt, da sie heiß war und brennend vor Lust und sich danach sehnte, dass er weitermachte und es zu Ende brachte.

Macks eisblaue Augen wirkten dunkler, schienen ein pures, lustvolles Königsblau angenommen zu haben. Er wischte sich mit dem Handrücken über die feuchten Lippen und sagte: »Er hat geschrieben, dass er hart saugt.«

Das klang nur scheinbar wie eine Entschuldigung. Kindra fing nämlich an zu glauben, dass es Mack ebenso angemacht hatte wie sie selbst.

Und es hatte sie wirklich *sehr* angemacht.

»Hart und schnell«, wiederholte sie und schob sich ihr Haar aus den Augen. Langsam richtete sie ihre Kleider und zog BH und Top wieder zurecht.

Mack stand verdammt kurz davor, vor Lust schier zu explodieren. Er wollte Kindra, hatte sie schon am Tag zuvor gewollt – aber jetzt bereitete es ihm eine Menge Spaß, ihre Erregung schön langsam zu steigern.

Es war offensichtlich, dass sich nie zuvor ein Mann die Zeit genommen hatte, um Kindra richtig anzutörnen und zum Äußersten zu treiben, und Mack gefiel es, sie zu beobachten. Sie sah geschockt aus – doch er ging jede Wette ein, dass sie es genoss.

Ihre grünen Augen waren groß, und in ihnen standen Verblüffung und Leidenschaft. Sie gab kleine ermunternde oder lustvolle Laute von sich und wirkte verlegen, wenn ihr auffiel, dass sie sich dazu hatte hinreißen lassen. Und sie überließ ihm vollkommen die Führung.

Er handelte, und sie empfing.

Bis heute war Mack der Auffassung gewesen, in seinem Leben schon jede Menge guten Sex gehabt zu haben – auch wenn der Ruf, der ihm angedichtet wurde, völlig übertrieben war. Er traf sich zwar oft mit Frauen, aber tatsächlich hatte er nicht mit vielen dieser Frauen geschlafen. Doch der Sex, den er gehabt hatte, war seiner Meinung nach verdammt gut gewesen.

Er hatte sich geirrt. Ohne Zweifel war es guter Sex gewesen. Aber nichts hatte ihn jemals so wild gemacht, so gierig, so versessen darauf, einem anderen Menschen jeden erdenklichen sinnlichen Genuss zu verschaffen. Niemand hatte ihn je zuvor so vollkommen außer Kontrolle gebracht.

In der Vergangenheit war es beim Sex oft nur um ihn gegangen. Sicher, er war immer stolz darauf gewesen, dass auch seine Partnerinnen auf ihre Kosten gekommen waren, aber am Ende hatte er es doch nur für sich selbst und die Befriedigung seiner Bedürfnisse getan.

Das hier war neu für ihn – dieses tiefe Glücksgefühl, das er selbst empfand, weil er jemand anderem Erfüllung schenkte. Er wollte Kindra die ganze Nacht lang einen Höhepunkt nach dem anderen bescheren und ihr einfach nur dabei zusehen.

Er wandte sich wieder dem Computermonitor zu. Es schien Kindra zu gefallen, dass ihre eigenen Online-Phantasien durchgespielt und zum Leben erweckt wurden.

»›Zieh deinen BH für mich aus.‹« Er lächelte Kindra an. »Oh, das gefällt mir.«

Regungslos stand sie vor ihm. Ihr volles kastanienbraunes

Haar fiel ihr über die Schultern. Wieder fuhr sie sich mit den Händen unbehaglich über den Rock.

»In der E-Mail steht nichts davon, dass du dein Top ausziehen sollst, also lass es ruhig an.«

Mit den Händen am Saum ihres Tops blickte sie ihn an und sagte: »Guck weg.«

Lachend schloss er die Augen. »Gut.« Er würde das alles sowieso bald sehen. Und er hatte bereits an ihren Nippeln gesaugt. Aber, hey, wenn sie schüchtern sein wollte, nur zu.

Mit geschlossenen Augen lehnte er sich gegen den Computertisch und kreuzte die Beine.

»Hast du jemals guten Sex gehabt, Kindra?«

Kindra, die mit den Trägern ihres BHs kämpfte, erwiderte ohne nachzudenken: »Nein.«

Innerlich stöhnte sie auf. Eigentlich hatte sie das nicht laut aussprechen wollen. Sie wollte nicht, dass Mack glaubte, mit ihr würde irgendetwas nicht stimmen. Oder dass es schwierig war, sie zu befriedigen.

»Du weißt hoffentlich, dass das nicht dein Fehler ist? Es lag an ihm – wer auch immer er war.«

Ungeduldig zerrte Kindra den BH über ihre Arme und befreite ihn aus dem Top. Verstohlen beobachtete sie Mack, der an den Tisch gelehnt stand und noch immer die Augen geschlossen hatte. Ob er etwas sehen konnte? Er sah so aus, als würde er grinsen.

»Vielleicht war es meine Schuld. Vielleicht bin ich nicht leicht zufriedenzustellen.« Sie wusste nicht, warum sie das gesagt, warum sie ihre tiefste Angst mit ihm geteilt hatte. Aber da die Worte schon einmal ausgesprochen waren, konnte sie sowieso nichts mehr daran ändern.

Mack verzog den Mund zu einem Lächeln. »Das glaube

ich nicht. Bisher scheinst du dich doch ganz gut zu amüsieren. Stimmt's? Gefällt es dir?«

»Ja.« Es war viel leichter, ehrlich zu sein, wenn er sie nicht ansah. Und sie genoss es tatsächlich. Mehr, als sie sich jemals erträumt hätte.

»Gut.«

Er schlug die Augen auf. »Hattest du je einen Orgasmus?«

Mit einem Mann im selben Zimmer? Sie erstarrte. Der BH baumelte in ihrer Hand, und sie verspürte mit einem Mal den unwiderstehlichen Drang, laut loszulachen. Mal sehen, sie konnte es an einer Hand abzählen … nein, ehrlich gesagt an einem Finger.

Ein Mal. Und sie war davon überzeugt, dass es purer Zufall gewesen war, denn seitdem war es nicht wieder vorgekommen.

»Was meinst du?«, entgegnete sie ausweichend und drehte den BH nervös in ihren Händen.

Er lachte und erhob sich.

Mist! Er kam auf sie zu. Unwillkürlich wich sie einen Schritt zurück.

»Das war doch eine einfache Frage. Hattest du jemals einen Orgasmus?«

»Ja.«

»Beim Sex? Warst du oben, unten, oder hat er es dir vielleicht von hinten gemacht?«

Ihr Gesicht glühte mit einem Mal. Von *hinten?* Das konnte nicht sein Ernst sein. »Nichts von alledem.«

Ganz dicht vor ihr blieb er stehen. Er schloss die Finger um den BH in ihren Händen, entzog ihn ihr und ließ ihn auf den Boden fallen.

»Mit seinem Finger? Seiner Zunge?«

Auf keinen Fall würde sie ihm darauf eine Antwort geben. Nicht, wenn er so nah vor ihr stand, dass ihre Brüste den weichen Stoff seines Shirts berührten. Nicht, wenn er seinen harten Schwanz ganz leicht gegen ihren Schoß drückte und wieder zurückzog.

Vor, zurück, vor, zurück – in einem sanften, leichten Rhythmus, der ihre tiefsten Bedürfnisse ansprach.

Sie konnte vor ihm unmöglich zugeben, dass sie vermutlich nicht dazu fähig war, einen Orgasmus zu erleben. Sicher würde er resignieren und nach Hause gehen. Und so flüsterte sie: »Ich glaube nicht, dass das in den E-Mails gefragt wird, oder?«

Sein Blick verfinsterte sich ein wenig. »Oh, guter Punkt. Wir sollten mal nachschauen, was als Nächstes kommt, oder?«

Als er sich umwandte, atmete sie erleichtert auf. Sie konnte keinen klaren Gedanken fassen, wenn er so nah vor ihr stand, konnte sich kaum rühren. Fiebrige Hitze durchströmte ihren Körper, und die immer heftigere, immer drängendere Lust begann, ihr schmerzhafte Stiche zu versetzen.

Mack wirkte, als könnte er dieses Spielchen die ganze Nacht lang weiterspielen. Zwölf Stunden lang.

Kindra hingegen hatte das Gefühl, es nicht länger ertragen zu können. Mack ließ sich so verdammt viel Zeit und quälte sie mit einem Vorspiel, das länger dauerte als alle Vorspiele, die sie in der jahrelangen Beziehung mit ihrem Ex-Freund erlebt hatte, zusammen.

Mittlerweile war ihr klar, dass ihr diese Erlebnisse vorenthalten worden waren. Sechsundzwanzig Jahre alt zu sein und nie zuvor solches Verlangen und solchen Spaß empfunden zu haben war ein Jammer. Sie hatte große Lust, die drei Männer, mit denen sie bisher geschlafen hatte, anzurufen und ihnen mitzuteilen, dass sie alles falsch gemacht hatten.

Vollkommen falsch.

Vielleicht könnte Mack ihnen ein paar hilfreiche Tipps geben. Er wusste offensichtlich ganz genau, was er tat.

Und wenn man seine Ex-Dates betrachtete, die immer noch vielsagend lächelten, wenn sie ihn sahen, so war sie nicht die Einzige, die so dachte.

Eifersucht durchflutete Kindra und traf sie völlig unvorbereitet. Ihr missfiel die Vorstellung, dass Mack eine andere Frau ansah, wie er sie jetzt ansah.

Aber er gehörte nicht ihr.

Nur zwölf Stunden lang würde sie ihn für sich haben. Das durfte sie nicht vergessen.

Also sollte sie sich darauf konzentrieren, die Zeit mit ihm zu genießen. Über alles Weitere konnte sie sich später immer noch den Kopf zerbrechen.

Sie betrachtete Macks Profil und sah, wie sich seine Lippen unablässig bewegten, während er die E-Mail las. Gefangen vom Anblick seines kräftigen Kinns und der geraden Nase, musste sie sich zusammenreißen, um nicht dem Wunsch nachzugeben, mit ihren Fingern durch sein kurzes schwarzes Haar zu fahren.

»Weißt du was?«, sagte er und warf ihr einen Blick zu. »Wir haben das Ganze falsch angefangen, denke ich.«

Na ja, sie konnte sich bisher nicht beklagen. »Warum?«

»Weil es nicht so abläuft, wie es für gewöhnlich ablaufen würde, oder? Ich meine, wenn du allein bist und diese E-Mails liest.«

Sie starrte ihn an, unsicher, worauf er hinauswollte. »Ich weiß nicht …«

Er streckte seinen Arm aus und legte ihr einen Finger auf die Lippen. »Schh. Ich werde dir zeigen, was ich meine.«

Der Duft seiner Haut, würzig und doch auch süß, stieg ihr in die Nase.

Aus einem Impuls heraus öffnete sie den Mund und leckte an seinem Finger.

Es war schwer zu sagen, wer überraschter war.

»Scheiße«, stieß er hervor und kniff die Augen leicht zusammen.

Genau dasselbe dachte sie auch.

Er schob seinen Finger zwischen ihre Lippen.

Kindra umschloss ihn und saugte ganz sanft daran. Mack stand über sie gebeugt. Während er sich bemühte, ruhig stehen zu bleiben, konnte sie spüren, wie seine Beherrschung ins Wanken geriet.

Sie saugte stärker, nahm seinen Finger ganz in ihren Mund und fuhr mit der Zungenspitze daran rauf und runter. Ihr wurde klar, was sie damit nachahmte. Bei dem bloßen Gedanken daran wünschte sie sich nichts sehnlicher, als ihn endlich in sich zu spüren.

Als er vollkommen unerwartet seinen Finger zurückzog, seufzte sie vor Enttäuschung auf.

»Ganz schön unanständig«, brummte er. »Ich sehe, dass ich wohl besser ein Auge auf dich haben sollte.«

Kindra wünschte sich nichts mehr als das. Sie wünschte sich, dass er ein Auge auf sie hatte.

Oder besser noch eine Hand.

Oder sie mit seiner Zunge …

Ihr eigenes Verhalten, ihr unverhoffter Vorstoß, hatte sie

selbst überrascht. Sie war es nicht gewohnt, bei Männern die Führung zu übernehmen.

Aber sie wusste auch, dass es nicht in ihrer Natur lag, so gefügig und lenkbar zu sein. Das war etwas, das sie sich angewöhnt hatte – bis sie sich irgendwann in ihrer schüchternen Rolle verloren hatte.

Bei Mack fühlte sie sich mutig, verwegen.

»Tut mir leid«, schwindelte sie mit einem Lächeln.

»Tut es nicht.«

Kopfschüttelnd gestand sie. »Nein, das tut es wirklich nicht.«

Er presste seinen Mund auf ihre Lippen und gab ihr einen leidenschaftlichen Kuss. »Gut. Du kannst hier machen, was immer du möchtest, Kindra. Beim Sex mit mir musst du dich für überhaupt nichts entschuldigen.«

Das klang komisch, und sie lachte leise.

Mit einem verschmitzten Grinsen sagte er: »Lachst du über mich?«

»Nein, nicht *über* dich. *Mit* dir«, korrigierte sie ihn und erinnerte sich an die Tadel, die sie früher von ihrer Mutter bekommen hatte.

Er schnaubte gespielt empört. »Ich habe gar nicht gelacht.« Sacht drückte er ihre Hand. »Aber mach dir keine Sorgen – gleich wirst du nicht mehr lachen. Nicht, wenn du den großartigsten Sex deines ganzen Lebens hast.«

Sie war bereit. Es konnte losgehen. »Ich verspreche dir, nicht zu lachen.« Sie ließ ihren Blick zu seiner unübersehbaren Erektion gleiten.

Er hatte ihren Witz verstanden. »Hey!«

Im nächsten Moment fand sie sich in seinen Armen wieder, eng an ihn gepresst, seine Lippen an ihrem Hals. Sie spürte seinen harten Schwanz zwischen ihren Beinen – oh, an genau der richtigen Stelle …

Er lachte. »Das wirst du bereuen, Kindra Hill. Jetzt hat es sich mit den Nettigkeiten.«

»Nett« war auch nicht das, was sie wollte. Sie wollte es hart. Sie wollte es hemmungslos.

»Tut mir leid.« Dann sagte sie in einem sanften, frommen Tonfall, der jedoch keinen Zweifel daran ließ, dass sie alles andere als das war: »Ich werde ein gutes Mädchen sein.«

Mack stöhnte leise auf, als er einen Schritt zurückwich, und schüttelte den Kopf. »Ich kann es kaum erwarten zu erleben, *wie* gut du sein wirst.«

Das konnte sie auch nicht.

4. Kapitel

Verdammt, verdammt, verdammt. Wusste sie eigentlich, was sie ihm beinahe angetan hatte? Er hätte um ein Haar die Beherrschung verloren und wäre gekommen, ohne dass sie ihn überhaupt berührt hatte.

Zum Teufel, er wusste, dass mehr in Kindra steckte als die verklemmte, manchmal überspannte Frau, die sie bei der Arbeit war. Hatte er nicht dieses besondere Funkeln in ihren Augen gesehen? Es war auch jetzt da, als ihr Blick ihre Worte Lügen strafte.

Kindra war eine Bombe, die nur darauf wartete zu explodieren. Ihr Mund mochte vielleicht sagen, dass sie ein gutes, ein braves Mädchen sein würde, aber in ihren Augen konnte er lesen, dass sie böse, sehr böse sein wollte.

Perfekt.

Er lenkte ihre Aufmerksamkeit wieder auf das eigentliche Thema. »Ich sprach über die E-Mails, erinnerst du dich? Ich will, dass du mir zeigst, wie du sie liest.«

Ihre Verwirrung war nicht zu übersehen.

»Sitzt du in dem Schreibtischsessel? Stehst du auf?« Es hatte ihm eine schlaflose Nacht bereitet, sich vorzustellen, wie sie diese E-Mails las, immer erregter wurde und niemand da war, der ihr Verlangen stillen konnte.

Scheiße. Jetzt war *er* scharf. Schon wieder. Vielleicht war er aber auch schon scharf, seitdem er am Tag zuvor ihr Büro betreten hatte.

»Ich sitze in meinem Sessel.«

»Dann setz dich.« Er deutete auf den Schreibtischsessel, der vor dem Computer stand.

»Was trägst du? Pyjama? Sexy Unterwäsche? Oder bist du nackt?« Nachdem er sich das nun vorgestellt hatte, würde er dieses Bild nie mehr vergessen. Kindra, nackt, die Beine übereinandergeschlagen, den Kopf zurückgelehnt, die Hand an der Maus.

Sie schnappte nach Luft. »Nicht nackt. Ich trage ganz normale Klamotten.«

»Zeig es mir«, drängte er sie.

Sie setzte sich in den Sessel, der ein wenig nachwippte. Fragend blickte sie ihn an.

»Und dann liest du nur?«

Wortlos nickte Kindra.

»Also, lies es mir vor. Laut.« Er hatte die Nachricht ausgewählt, die es sein sollte. Die E-Mail war geöffnet und auf dem Bildschirm zu sehen.

Es entstand eine kurze Pause, dann wandte sie sich dem Computermonitor zu. Mack bemerkte, dass sie schlucken musste. Mit zitternder Stimme begann sie zu lesen.

»›Kindra, ich will dich überall berühren.‹«

Ein hübsches Rot überzog ihre Wangen.

Er legte seine Hände auf ihre Schultern und spreizte die Finger.

Sie zuckte zusammen.

»Schh. Lies weiter«, murmelte er.

Ihr Körper war angespannt, und sie saß vollkommen verkrampft im Sessel, aber nach einem tiefen Atemzug las sie weiter. »›Ich will meine Finger über deine Nippel gleiten lassen. Meine Hände umschließen deine heißen … Titten.‹«

Das letzte Wort hatte sie geflüstert, war in allerletzter Sekunde doch wieder in ihre alte Schüchternheit zurückgefallen.

»Was? Ich habe den Schluss nicht verstanden.«

Klar. Er hatte sie sehr wohl verstanden, da war sie sich sicher. Wieder spielte er ein Spielchen mit ihr. Und es gefiel ihr. Sehr sogar.

Nur wenig lauter wiederholte sie: »›Titten.‹«

Kindra wusste, dass ihr Gesicht glühte. Sie konnte nicht glauben, dass sie das hier wirklich tat. Doch zugleich war sie aufgeregt, voller Verlangen und fühlte sich schamlos und verwegen.

Mack strich mit seinen Händen über ihren Oberkörper, berührte ihre Brustspitzen. Schließlich umschloss er ihre Brüste und drückte sie leicht. Er zog ihr Trägertop hoch, so dass ihre Brüste entblößt waren.

Sie schloss die Augen.

»Was jetzt?«

Sie schlug die Augen wieder auf und konzentrierte sich auf den Bildschirm. »›Dann streichele ich deine Nippel, kneife sie ganz leicht, bis du mich darum anflehst, an ihnen zu saugen ...‹« Ihre Stimme erstarb, und Kindra rang nach Luft.

Mack streichelte und massierte sie bereits. Langsam und träge bewegte er seine Hände, als hätte er im Augenblick nichts Besseres zu tun, als über sie gebeugt zu stehen und sie zu reizen.

Sie keuchte. Sie stöhnte.

Lustvoll legte sie den Kopf in den Nacken. Er machte weiter, drückte und koste, bis sie es nicht länger ertragen konnte. Sie wand sich im Sessel, bog sich ihm entgegen, damit er sich mehr von ihr nahm, und schrie auf.

Er bewegte seine Hände nicht weg oder gab ihrem Verlangen nach, sondern machte einfach weiter wie bisher, bis sie gequält und atemlos das Sitzkissen des Sessels umklammerte.

»Mack, bitte!«

»Bitte was?«

»Saug an ihnen. Bitte.« Im nächsten Moment verspürte sie einen Anflug der vertrauten Schüchternheit. Doch die drängende Leidenschaft in ihr war einfach stärker. Sie biss sich auf die Unterlippe.

»Wenn du schon so lieb bittest.« Er neigte seinen Kopf über ihre Schulter und schob ihr Top zur Seite.

Als er ihre Brustspitzen mit den Lippen umschloss, stöhnte sie auf. Ja, das war es, was sie wollte, und sie legte den Arm zurück, damit er besser an sie herankam. Lust durchströmte sie, und sie stemmte sich mit den Füßen in den Teppich.

Die Rollen des Sessels bewegten sich ein bisschen, und Mack geriet aus dem Gleichgewicht.

Er richtete sich wieder auf. »Lauf nicht weg«, sagte er.

Kindra streckte die Arme aus und wollte ihn wieder zu sich heranziehen, aber er wich zurück, so dass sie ihn nicht erreichen konnte.

»Was kommt als Nächstes?«

»Was?« Erst jetzt begriff sie, dass er über die E-Mail sprach – natürlich. Doch sie wollte es aus seinem Mund hören. Sie wollte, dass er die Führung übernahm und ihr zeigte, wo es langging.

»Du weißt, was ich meine. Lies, Kindra.«

Also gehorchte sie, und allmählich schmolzen ihre Hemmungen dahin. Wenn sie ihm vorlesen musste, damit er sie weiter berührte, dann würde sie ihm eben vorlesen – denn sie wollte wirklich, *wirklich,* dass er sie weiterhin anfasste. »›Wenn du einen Rock trägst, werde ich mit der Hand über deinen Bauch streichen, tiefer, tiefer, damit ich sie schließlich zwischen deine Schenkel legen kann.‹«

Ihr stockte der Atem. Macks Hand lag zwischen ihren Beinen. Nur der Stoff ihres Rockes trennte sie noch.

»So heiß. Ich spüre deine Hitze durch den Jeansstoff hindurch«, flüsterte er.

Sie hatte das Gefühl, dass sie inzwischen durchaus Stahl zum Schmelzen bringen konnte. »›Und wenn du ein Höschen trägst, stehst du auf, und ich ziehe es dir aus.‹«

Schicksalsergeben, aber auch begierig erhob sie sich, ohne dass er sie darum bitten musste. Sie keuchte auf, als Mack sich auf die Knie begab.

Seine Hände glitten ihre Schenkel entlang unter ihren Rock, unter den zarten Stoff ihres Höschens und streichelten die nackte Haut ihres Pos. Mack drückte heiße, leidenschaftliche Küsse auf die Vorderseite ihres Rockes.

Dann zog er ihr Höschen herunter – schnell, gierig –, und sie erschauerte.

»Steig hinaus und setz dich dann wieder hin.« Seine Stimme klang rauh, schroff.

Einen Moment lang stand sie vor ihm und holte tief Luft. Sie war sich bewusst, dass ihr Top noch immer hochgeschoben war und ihre Brüste entblößte. Mack war im Gegensatz zu ihr vollständig angezogen. Dennoch fühlte sie sich nicht unwohl dabei.

Das hier war erregender, als sie es sich jemals erträumt hätte. Sie fühlte sich benommen und berauscht von den unterschiedlichen Emotionen, die durch ihren Körper strömten.

Schließlich nahm sie wieder Platz, presste die Knie zusammen und lehnte sich zurück. Mack trat hinter sie, und sie konnte seinen leichten, würzigen Geruch nach Schweiß wahrnehmen.

»Lies.«

Sie suchte und fand die Stelle im Text, an der sie stehen geblieben waren. »›Ich werde deinen Rock hochschieben, deine Beine spreizen und dann meinen Finger in dich hineinstecken.‹«

Oh, mein Gott.

Mack war bereits dabei, ihren Rock zurückzuschlagen, und drückte nun mit sanfter Gewalt ihre Beine auseinander. Und dann ließ er ohne zu zögern seinen Finger in sie hineingleiten.

Sie zuckte in ihrem Sessel zusammen. »Mack«, murmelte sie und stöhnte auf.

»Was kommt jetzt?«

Sie konnte nicht reden, und sie konnte auch nicht mehr weiterlesen. Sie machte die Beine noch breiter. Hungrig wand sie sich und versuchte, ihn dazu zu bringen, sich zu bewegen. Aber sein Finger ruhte einfach in ihr.

»Ich kann nicht mehr«, stieß sie hervor.

Er rührte sich noch immer nicht. Seine Stimme an ihrem Ohr klang leise und schmeichelnd. »Du machst es dir, wenn du allein bist, nicht wahr? Ich wette, du liest und berührst dich dabei selbst. Habe ich recht?«

»Mack«, flehte sie und legte den Kopf in den Nacken.

Er bewegte seinen Finger so aufreizend langsam in ihr, dass sie das Gefühl hatte, vor Ungeduld und Frust schreien zu müssen. Als sie sich ihm nun entgegendrängte, um ihn tiefer in sich zu spüren, hielt er sie fest.

»Beantworte meine Frage, Kindra. Berührst du dich selbst?«

Sie wusste genau, was er vorhatte. Er würde sich nicht bewegen, bis sie es ihm erzählte. Verzweifelt sagte sie ihm also die Wahrheit – alles, damit er nur weiter in sie drang.

»Ja«, stöhnte sie. »Ich berühre mich.«

Mack musste sich insgeheim ermahnen, ruhig weiterzuatmen. Er stand über Kindra gebeugt, sein Kopf aufreizend nah an ihrem Busen, und sie spreizte ihre Beine für ihn. Sein Finger war in ihr, und sie fühlte sich eng und warm an.

Und feucht. Verdammt, sie war so erregt. Sie war bereit. Für ihn.

»Ich habe mir schon gedacht, dass du das vielleicht tun würdest.« Dieses Bild würde er sein Leben lang in seinem Kopf bewahren: Kindra, in ihrem Sessel, die Finger zwischen ihren Schenkeln.

Aber heute Nacht würde *er* sie berühren.

»Jetzt lese ich für dich.« Er blickte auf den Bildschirm. »›Ich werde ganz in dich dringen, langsam, tief, und dann wieder heraus. Rein und wieder raus. Das wird dir gefallen, nicht wahr?‹«

Als er seinen Finger bewegte und die Worte Wirklichkeit werden ließ, keuchte Kindra auf.

»Ja, das gefällt mir.«

Mack gefiel es auch. Sie war heiß, bebte vor Lust und war so feucht. Er las weiter.

»›Du bist so scharf und geil und bereit, endlich genommen zu werden. Aber ich werde dich noch nicht ficken – nur mein Finger. Oder vielleicht zwei …‹«

Kindra stieß einen Seufzer aus, als er mit einem weiteren Finger in sie drang. Es fühlte sich so gut an.

»O ja«, flüsterte sie.

»›Oder vielleicht auch nicht.‹« Mack zog einen Finger wieder zurück.

Ihr enttäuschter Aufschrei traf ihn im Innersten und schoss ihm direkt in die Lenden.

»›Oder vielleicht berühre ich auch deine Klit und reibe sie, bis du nicht mehr still sitzen kannst.‹«

Schon jetzt hatte Kindra Probleme damit, ruhig sitzen zu bleiben. Mack lehnte sich mit seinem Gewicht nach vorn, so dass sie sich in ihrem Sessel kaum bewegen konnte und zwangsläufig relativ still sitzen musste.

Er wollte nicht, dass sie seinen Finger durch ihre heftigen Bewegungen von sich stieß und so ihr Vergnügen unterbrach.

Bei jeder seiner Berührungen gab sie einen genüsslichen Laut von sich. Ihre Brustspitze stieß gegen seine Wange, als sie sich ihm entgegenwölbte. Er streichelte sie schneller, ließ seinen Finger ganz leicht über ihre Lustperle kreisen.

»›Dann, wenn du es am wenigsten erwartest, dringe ich wieder mit zwei Fingern tief in dich ein.‹«

Mack war wieder in Kindra und schloss für einen Moment die Augen, um das Gefühl zu genießen. Er konnte ihre Lust riechen, süß und durchdringend, während sie sich im Sessel zurücklehnte und ihre Hände im Stoff des Sitzes vergrub.

Ihr Rock war bis zu ihrer Taille hochgerutscht, und er hatte eine nette Aussicht auf ihre feuchten Löckchen unter seinen Fingern.

Es kostete ihn unglaublich viel Kraft, sich wieder auf den Computermonitor zu konzentrieren, aber er wollte das hier zu Ende bringen.

Er wollte, dass Kindra ihm vertraute. Er wollte, dass sie

vor ihm kam, während er noch vollkommen angekleidet war. Er wollte ihr zeigen, was sie versäumt hatte.

Was sie mit ihm erleben konnte.

»›Du wirst für mich kommen, Kindra, mit meinen Fingern in deinem Innern, mit denen ich dich streichele und in dich stoße. Das macht dir Spaß, das macht dich geil, und wenn du kommst, will ich dich schreien hören.‹«

Kindras Atem ging jetzt schnell und hart, und ihre Muskeln begannen zu zittern. Er konnte spüren, wie nah ihr Höhepunkt war. Mack legte seinen Kopf an ihren Hals und reizte und streichelte sie weiter. Ihre Haut war erhitzt und feucht vor Anstrengung, und sie hatte die Augen geschlossen.

»Komm, Kindra, komm für mich, Baby«, flüsterte Mack ihr ins Ohr.

Und sie kam. Mit einem lauten Schrei. Sie hob ihren Po an, doch Mack drückte sie zurück in den Sessel und machte weiter. Er konnte den Orgasmus fühlen, der ihren Körper erschauern ließ, konnte fühlen, wie sie sich um ihn schloss, während die Erlösung sie durchströmte.

»Mack«, stieß sie hervor. »Oh, Sch…eiße!«

Er verlangsamte seine Bewegungen und lachte leise triumphierend an ihrer Schulter.

Verdammt, nie zuvor hatte er etwas Erotischeres gesehen. Oder gefühlt.

Er hatte ihr etwas gegeben, das ihr vermutlich noch kein Mann je zuvor gegeben hatte.

Und jetzt empfand er eine Zärtlichkeit für Kindra, die ihm genauso neu war.

Erschrocken begriff er, dass er ihr verfallen war. Voll und ganz.

Es fühlte sich richtig an. Alles fühlte sich an Kindras Seite richtig an.

Küsse auf ihren Nacken und ihre Wange hauchend, zog er seinen Finger zurück und staunte darüber, dass er Kindra Hill dazu gebracht hatte, laut »Scheiße« zu sagen. Was für eine Frau!

Kindra holte tief Luft und versuchte, ihren Puls wieder auf eine normale Frequenz zu bringen.

Was, zur Hölle, war gerade passiert?

Sie war sich ziemlich sicher, dass sie schon mal einen Orgasmus gehabt hatte, aber nichts, was sie je erlebt hatte, hätte sie auf *das hier* vorbereiten können!

Dieses atemberaubende, feurige, ekstatische, wahnsinnige Gefühl.

Sie fragte sich, ob ihr Ex-Freund Rob sie jemals für all die Stunden, die sie damit vergeudet hatte, zu Tode gelangweilt unter ihm zu liegen, würde entschädigen können.

Das hier, was Mack gerade mit ihr gemacht hatte, war ein wirklich sinnvoller Zeitvertreib. Wie Yoga, nur viel schweißtreibender. Sie hatte sich noch nie so ausgeglichen und entspannt gefühlt wie in diesem Augenblick.

Es machte ihr nicht einmal etwas aus zu wissen, dass ihr Top und ihr Rock noch immer hochgeschoben waren. Nicht, wenn Mack ihr solche wundervollen Dinge ins Ohr flüsterte.

»Hat dir das gefallen?«

»Ja.« Ja, tausend Mal ja! Und wenn er nicht vollkommen taub und blind und komplett gefühllos war, wusste er, dass es ihr gefallen hatte.

Er fuhr mit seiner Nase und seinem Mund an ihrer Wange entlang. »Ich bin so froh, dass es dir gefallen hat. Aber wir sind noch nicht fertig. Das ist dir doch klar?«

Mack schien das Talent zu haben, immer genau das zu sagen, was sie hören wollte.

Sie erschauerte, als sein Atem über ihre erhitzte, verschwitzte Haut strich. Er pustete sacht auf ihre Brüste, und ihre Brustspitzen wurden hart.

»Was kommt als Nächstes?«

»Lass uns mal sehen«, sagte er und richtete sich auf.

Während er sich dem Computer zuwandte, zog Kindra den Rock über ihre Schenkel, strich ihn glatt und dachte darüber nach, wie viele E-Mails sie in ihrem Papierkorb gefunden hatten. Zwölf Stück oder so. Zwölf Stunden.

Oh, mein Gott. Ihr wurde heiß.

Obwohl sie sich nicht genau erinnern konnte, handelten Russ' E-Mails von allen möglichen unanständigen Dingen, besonderen Positionen, und wenn sie sich nicht täuschte, ging es in einer E-Mail fast ausschließlich um Spanking …

Sie war sich ziemlich sicher, dass es selbst Mack nicht gelingen würde, ihr Sex schmackhaft zu machen, bei dem ihr der Hintern versohlt wurde.

Ohne die Augen vom Bildschirm abzuwenden, knöpfte Mack sein Hemd auf. Es glitt seine Arme hinunter und gab den Blick frei auf seinen bronzefarbenen Rücken, seine Schultern und seinen wohlgeformten Bizeps, der vor Kraft und Stärke nur so strotzte. Auf seiner Haut glitzerten Schweißperlen. Gedankenlos warf er sein Hemd auf den Boden.

Seine Hose betonte seinen sexy Hintern.

Kindra legte den Kopf schräg. Andererseits, wenn Mack ganz sanft war …

Als er sich zu ihr umdrehte, zog sie ihr Top herunter.

»So sittsam?« Er blickte sie belustigt an.

»Ich bin halbnackt und du nicht.«

»Ich habe mein Hemd ausgezogen. Ich bin halbnackt. Also solltest du dein Top auch ausziehen, damit wir quitt sind.«

»Das zählt nicht!«

Er zuckte die Schultern. »Macht nichts. Du kannst das Top für den nächsten Teil auch anlassen.«

Den nächsten Teil? Das klang beängstigend und seltsam vage. Ein bisschen wie ein wissenschaftliches Experiment.

Unwillkürlich klammerte sie sich an den Sitz und versuchte, nicht in Panik zu verfallen, als Mack nun auf sie zukam. Bis jetzt war es großartig gewesen, aber Kindra war eher konservativ, wenn es um Sex ging. Wenn sie an Sex dachte, kam ihr die Missionarsstellung in den Sinn. Was, wenn er an etwas … anderes dachte?

Er blieb vor ihr stehen. »Was ist los? Du bist plötzlich kreidebleich.«

»Was kommt jetzt?«

Seine Reaktion überraschte sie. Mack ließ die Hände sinken. Mit hängenden Schultern stand er vor ihr und sah … verletzt aus.

»Kindra, vertraust du mir nicht?«

Oh, Mist. Sie kam sich wie ein Idiot vor. »Tja, ja, aber ich wusste nicht …«

»Hey.« Er legte ihr einen Finger unters Kinn und hob es sanft an, so dass sie ihm in die Augen schauen musste. »Wenn du irgendetwas nicht tun möchtest, sag es einfach, und ich höre sofort auf. Ich würde dir niemals weh tun.«

Er sah aus, als würde er noch etwas hinzufügen wollen, doch dann presste er die Lippen aufeinander.

Kindra lockerte ihren Griff um den Sitz des Sessels ein wenig. »Okay. Es tut mir leid. Ich vertraue dir ja, aber das hier ist alles so neu für mich.«

Lust und Spaß waren neu für sie. Sie wusste nicht, wie sie damit umgehen sollte.

Mack zog sie auf die Füße und schlang seine Arme um ihre Taille. Es fühlte sich so gut an, von ihm umarmt zu werden. So richtig.

»Also, wir können an dieser Stelle für heute Nacht Schluss machen. Oder wir können das machen, was ich in der nächsten E-Mail gefunden habe.« Seine Stimme klang leise und schmeichelnd.

Okay, sie musste ihn fragen. Er wusste, dass sie ihn fragen würde. Wieder sprach sie mit dieser leicht atemlosen Stimme, die sie über Nacht bekommen zu haben schien. »Was ist es?«

»Es ist ganz einfach. Ich lege mich aufs Bett. Und du setzt dich auf mich und reitest mich.«

Oh. Sie spürte, wie die Lust mit einem Mal zu neuem Leben erwachte. Wenn er das doch nur schon früher gesagt hätte!

Konservativ war so langweilig. Es war an der Zeit, ihren sexuellen Horizont zu erweitern. Jetzt.

»Würde dir das gefallen?«

Er hatte ihr tatsächlich den Mund wässrig gemacht, und Kindra musste schlucken. Sie nickte heftig.

Er lachte. »Dann brauchen wir ein Bett und die Kondome.«

Sie hatte die Packung mit den Kondomen auf den Fußboden im Wohnzimmer fallen lassen, als Mack sie an der Eingangstür überfallen hatte. Und was das Bett betraf – nun, das Gästezimmer war direkt neben dem Arbeitszimmer. Es lag am nächsten, und das Bett war frisch bezogen.

Außerdem wollte sie Mack nicht in ihrem eigenen Bett

haben, wo sie jede Nacht schlief. Wenn das alles hier vorbei war und sie in ihr altes, enthaltsames Leben zurückkehrte, wollte sie nicht jede Nacht allein dort liegen und sich an diese Stunden erinnern.

»Das Gästezimmer ist gleich nebenan. Und ich habe die Kondome im Wohnzimmer liegen gelassen. Ich werde sie schnell holen.«

Sie hastete ins Wohnzimmer und fand die weggeworfene Packung auf dem Teppich. Mack stand derweil schon in der Tür zum Gästezimmer und beobachtete sie. Als sie zu ihm kam, ging er rückwärts ins Zimmer, die Finger in die Gürtelschlaufen seiner Hose geschoben.

»Und vergiss nicht: Du hast versprochen, nicht zu lachen.«

»Das werde ich nicht.« Fasziniert sah sie zu, wie Mack seine Hose aufmachte und sie auf den Boden fallen ließ.

Mit dem Fuß schob er sie aus dem Weg, beugte sich dann herunter und zog seine Boxershorts aus, bevor Kindra überhaupt die Möglichkeit hatte, seine muskulösen Beine zu bewundern. Er richtete sich wieder auf und stemmte die Hände in die Hüften.

Wow. Sie musste nicht lachen.

Es war kein bisschen komisch.

Sie starrte. Sie wurde rot. Ihr lief das Wasser im Mund zusammen. Das Schlucken tat beinahe weh.

Er grinste. »Was denkst du?«

Kindra antwortete, ohne nachzudenken. Sie platzte einfach heraus, ehe ihr bewusst wurde, dass sie überhaupt sprach. »Ich denke, ich werde den Ritt meines Lebens haben.«

Etwas schockiert blickte er sie an.

Sie legte die Hand auf den Mund, aber sie bereute nicht, es gesagt zu haben. Und sie konnte auch nicht aufhören, ihn begierig zu betrachten. Während der Rest von Mack offensichtlich das Resultat unzähliger Stunden im Fitnessstudio war, so war sein … Ding schlicht ein Wunder der Natur.

Alle Worte, ihn zu beschreiben, erschienen Kindra falsch. *Glied* war zu klinisch, und die Worte mit *S* und *P* würden ihr niemals über die Lippen kommen.

Mack kam langsam auf sie zu. »Scheiße. Komm her.«

Gern.

Er gab ihr einen harten, feuchten Kuss und zog ihr das Top aus. Dann nahm er ihr die Packung mit den Kondomen aus der Hand und setzte sich aufs Bett. Mit einem bösen kleinen Lächeln legte er sich auf den Rücken und verschränkte die Arme hinter dem Kopf.

»Wenn du ihn willst, komm und hol ihn dir.«

Es bestand kein Zweifel daran, dass sie ihn wollte.

Aber sie war sich nicht sicher, wie sie kommen und ihn sich holen sollte.

Während der paar Male, die sie in der Vergangenheit oben gewesen war, hatte sie sich albern und ausgeliefert gefühlt und die Stellung schnell wieder geändert.

Mit Mack würde es ganz sicher anders sein. Alles war anders mit Mack.

Kindra machte einen tiefen Atemzug, schlüpfte aus ihrem Rock und ließ ihn auf den Boden fallen. Macks Lächeln erstarb.

Noch immer in ihren High Heels ging sie hinüber zum Bett. Sie beugte sich vor und stellte einen Fuß aufs Bett, um die Sandalen zu öffnen.

»Nein«, knurrte Mack. »Lass sie an.«

Für sie machte das keinen Unterschied. Auf ihren Knien kroch sie über die Matratze zu ihm und schob sich das Haar über die Schultern. Mack streifte sich unterdessen ein Kondom über.

Behutsam kniete sie sich über ihn und ließ sich dann auf seine Beine sinken.

Jep. Sie fühlte sich blöd. Sie wusste nicht, wohin mit ihren Händen, und die obere Hälfte ihres Körpers war für ihren Geschmack viel zu entblößt.

»Beug dich kurz vor«, forderte er sie in dem Moment auf und winkte sie zu sich heran.

Kindra lehnte sich nach vorn, und Mack fuhr mit der Zungenspitze über ihre Nippel.

Das fühlte sich alles andere als blöd an. Das fühlte sich sündhaft gut an.

Er saugte und leckte, bis ihre Brüste feucht waren und die Brustspitzen vor Verlangen aufgerichtet.

»Okay«, sagte er zufrieden und legte sich zurück. »Du kannst dich jetzt hinsetzen.«

»Oh, danke«, stieß sie atemlos hervor.

Aber Mack hatte es geschafft, ihre Unbehaglichkeit zu vertreiben. Als sie sich aufsetzte, wölbte sie den Rücken und hielt sich an Macks Hüften fest. Sie drückte sich an ihn, um sie beide zu reizen. Sein harter Schwanz drängte sich gegen sie, und sie atmete scharf ein.

Langsame Verführung wurde vollkommen überbewertet. Sie brauchte ihn. Jetzt.

Leicht erhob sie sich, führte ihn mit der Hand und setzte sich dann ganz vorsichtig auf ihn.

»O ja!«, stieß sie hervor, als er in sie drang und sie ausfüllte. Unwillkürlich spreizte sie die Beine noch ein wenig weiter, um ihn so tief in sich aufzunehmen, wie es ging.

»Ja«, murmelte er.

Aber er rührte sich nicht. Kindra riss die Augen auf. »Willst du nicht …«

Wenn er seine Hüften nur ein bisschen bewegte, würde das hier etwas geradezu Sensationelles werden, über das sie in ihrem nächsten Weihnachtsrundschreiben an die Verwandtschaft berichten konnte.

Langsam schüttelte er den Kopf, den er auf die Decke mit dem Blumenmuster gelegt hatte, die über ihrem Gästebett ausgebreitet war. »Nein. Ich liege einfach da, schon vergessen? Du musst mich reiten.«

»Und was ist, wenn ich das nicht kann?«

Konnte sie?

Tja, Mist.

Was war denn das Schlimmste, was ihr passieren konnte? Es könnte nicht funktionieren, und sie müssten etwas anderes ausprobieren.

Und sich auf ihm zu bewegen musste sich toll anfühlen, wenn auf ihm zu sitzen schon so erfüllend war.

»Du kannst es. Ich weiß, dass du es kannst. Komm schon, Kindra. Heb einfach dein Becken und nimm mich. Da ist nichts dabei.«

Wie Malen nach Zahlen. Darin war sie immer gut gewesen. Einfach das Becken anheben und ihn nehmen.

Und das tat sie.

O ja.

Und noch einmal.

Kindra legte ihre Hände auf Macks muskulöse Brust und ritt ihn hart und schnell. Lust erfasste jede Faser ihres

Körpers. Ihre Augen waren geschlossen, die Lippen hatte sie aufeinandergepresst, während sie sich wie im Rausch auf ihm bewegte.

»Das ist es«, stieß er hervor. »Es gehört alles dir, Baby.«

Alles gehörte ihr. Mack. Mit einem letzten Stoß kam sie und vergrub ihre Fingernägel in seiner Brust, während sie jede Sekunde des Höhepunktes auskostete.

Schließlich sank sie auf seine Brust, zitternd und schwer atmend. Mack strich ihr sanft über den Rücken. Es war eine zarte Liebkosung, die ihr Herz mit Dankbarkeit erfüllte.

Sie wusste, was er vorhatte. Er wollte es für sie so schön wie möglich machen und verschwendete dabei keinen Gedanken an seine eigenen Bedürfnisse, an seinen eigenen Spaß. Vielleicht tat er das, um seinen Standpunkt zu beweisen und ihr zu zeigen, dass Sex mit einem leibhaftigen Partner besser war, als nur darüber zu reden. Aber irgendwie beschlich sie allmählich das Gefühl, dass mehr dahintersteckte.

Unsinn!

Wie kam sie bloß auf solche verrückten Ideen! Mack war einfach ein netter Kerl, der wusste, dass sie sexuell gesehen ein Grünschnabel war, und er versuchte nur, sie wenigstens für diese eine Nacht völlige Befriedigung erleben zu lassen. Das war die einzige Erklärung dafür, dass sie jetzt bereits zwei sensationelle und atemberaubende Höhepunkte erlebt hatte, während er noch nicht ein einziges Mal gekommen war.

Als sie nun auf ihm lag, ihre heißen Brüste an seine Haut gepresst, und ihn immer noch tief in sich spürte, hart und pulsierend, wurde ihr klar, dass sie ihm genauso viel Spaß und Genuss bereiten wollte, wie er ihr bereitet hatte.

Und sie wusste auch schon, wie.

Es gab etwas, auf das – soweit sie es beurteilen konnte – alle Männer standen.

Ihr Ex-Freund hatte es jedenfalls geliebt. Sicher, Rob hatte auch heiße Soße auf seine Eiscreme geschüttet, also war er vielleicht nicht unbedingt das Maß aller Dinge.

Aber Russ hatte dieses Thema oft in seinen E-Mails angesprochen – zwar in unterschiedlichen Ausführungen, jedoch immer auf das eine hinauslaufend.

Auch mit ihrer begrenzten Erfahrung konnte sie mit Sicherheit sagen, dass Mack gefallen würde, woran sie gerade dachte.

Und sie war sich ziemlich sicher, dass es ihr genauso viel Spaß machen würde wie ihm.

5. Kapitel

Träge ließ Mack seine Hand über Kindras zarten Rücken streichen. Er war noch immer erregt, noch immer in ihr, aber er war froh, einfach einen Moment lang hier liegen zu können.

Als Kindra ihn geritten hatte, war ihm mit einem Mal aufgegangen, dass er sie liebte.

Und ihm war bewusst geworden, dass er nicht wollte, dass diese Nacht endete. Er wollte in Zukunft jeden Tag damit verbringen, Kindra zu lieben und ihr zu zeigen, dass sie etwas ganz Besonderes war.

Würde er sich zum Idioten machen, wenn er ihr seine Gefühle gestand?

Allerdings würde es vermutlich etwas befremdlich und nicht sehr überzeugend wirken, ihr seine Liebe zu gestehen, solange sie noch miteinander verschmolzen waren. Wenn er eine Frau wäre, würde er sich in dieser Situation jedenfalls nicht glauben.

Am Morgen, wenn es an der Zeit wäre, sich zu verabschieden, in dem Moment, in dem sie peinlich berührt darüber nachgrübeln würden, was sie einander sagen sollten, würde er ihr einfach erklären, dass er sich in sie verliebt hatte. Dass diese eine Nacht nicht zwangsläufig das Ende bedeuten musste.

Er konnte sich vorstellen, dass sie gut zusammenpassen könnten.

Nein, er war sich zweifellos sicher, dass sie gut zusammenpassen würden.

Kindra löste sich von ihm, ließ sich auf die Matratze sinken und begann, sich langsam von ihm zu entfernen.

Er drehte sich auf die Seite, um ihr zuzusehen. »Wohin willst du?«

»Nirgends.« Sie rückte von ihm ab und betrachtete gedankenverloren das Bett.

Mack traute dem Ausdruck auf ihrem Gesicht nicht. Er hatte herausgefunden, dass Kindra unberechenbar war. Wenn sie vorhatte, sich davonzustehlen und eine Pause einzulegen, war sie auf dem Holzweg. Er war noch nicht fertig mit ihr.

Er setzte sich auf, bereit, sie festzuhalten, wenn es nötig war.

Bisher sah es allerdings nicht so aus, als wollte sie flüchten. Stattdessen kroch sie auf eine unglaublich aufreizende Art über die Bettdecke.

Das bot ihm eine verlockende Aussicht auf ihre blassen langen Beine und das kastanienbraune Haar, das ihr über den Rücken fiel. Als er die High Heels bemerkte, die sie immer noch trug, musste er schmunzeln.

»Was, zur Hölle, machst du da?«, fragte er sie schließlich.

Sie biss sich hochkonzentriert auf die Unterlippe und entgegnete: »Ich will nur was gucken. Ich möchte etwas aus einer anderen E-Mail ausprobieren. Zwar bin ich mir nicht sicher, ob es funktioniert, aber wir können es zumindest versuchen.«

Himmel. Jetzt schlug Kindra schon selbst Stellungen vor, die sie ausprobieren wollte.

Dieses sexy kleine Biest.

Er wollte sie gerade packen, auf den Rücken werfen und sie richtig nehmen, bis auch er endlich kam, als sie sich plötzlich hinkniete.

Tatsächlich ließ sie sich auf allen vieren nieder.

Und wackelte mit ihrem kleinen festen Po vor seinem Gesicht herum.

Sein Mund fühlte sich mit einem Mal trocken an. »Was, *zur Hölle,* machst du da?«, knurrte er wieder.

Über die Schulter warf sie ihm einen unschuldigen Blick zu. »Geht das etwa nicht? Ich dachte, du könntest ... du weißt schon ... so herum.«

Oh, Mist, Scheiße, verdammt.

Statt einer Antwort kam Mack auf die Knie und packte sie an den Hüften. Mit einer fließenden Bewegung drang er in sie ein, spürte, wie ihre feuchte Hitze ihn eng umschloss.

»Oh!« Sie rang nach Luft. »Es klappt wirklich.«

O ja, es klappte sogar hervorragend.

Die Beherrschung, die Mack mühsam aufrechterhalten hatte, seit er Kindras Haus betreten hatte, hatte sich mit einem Schlag in Luft aufgelöst.

Ihre milchweiße Haut vor ihm reizte ihn, ihr Haar hüpfte auf ihrem Rücken hin und her, während er sie kraftvoll von hinten nahm.

Noch immer feucht und erregt, passte sie sich seinem Rhythmus an, kam jedem seiner mächtigen Stöße entgegen. Sie waren wie geschaffen füreinander.

Eins, zwei, drei, zum Teufel, es war um ihn geschehen. Mit einem rauhen Aufstöhnen kam er und drängte sich dabei so sehr an sie, dass sie ins Wanken geriet und die beiden schließlich aufs Bett fielen.

Die Erlösung ließ seinen Körper zucken und erschauern.

»Geht es dir gut?«, erkundigte er sich besorgt, noch immer zitternd.

In Zukunft würde er vorsichtiger sein müssen. Er hatte sie so hart rangenommen – sie hätte sich verletzen, vielleicht sogar ein Auge verlieren können.

»Ich fühle mich phantastisch«, entgegnete sie mit dieser tiefen, heiseren Stimme, die er von Kindra Hill, die sich bei Teammeetings normalerweise augenrollend hinter ihrer Kaffeetasse verschanzte, nicht gekannt hatte.

Natürlich hatte er zuvor auch noch nie ausgestreckt auf ihr gelegen. Oder hatte es je erlebt, wie ihr Gesicht in die Matratze gepresst wurde – so wie jetzt. Vielleicht klang ihre Stimme so, weil sie nicht richtig atmen konnte?

Hastig wollte er sich zurückziehen.

»Nein, nicht.« Sie wandte ihren Kopf, bettete ihre Wange auf die Decke, und ein Lächeln tanzte auf ihrem Gesicht. »Bleib einfach einen Moment so liegen, wenn es geht.«

Er konnte hier die ganze Nacht lang liegen, wenn sie wollte. »Ich bin viel zu schwer«, entgegnete er schroff. »Ich zerquetsche dich noch.«

»Nein, die Matratze gibt ja nach. Es fühlt sich gut an, wenn du auf mir liegst. Hart. Ich kann dich in mir spüren.«

Verdammt, da war es wieder. Dieses Hochgefühl in der Brust. Es war definitiv Liebe.

Trotz ihrer beruhigenden Worte änderte er seine Position ein wenig, damit er nicht mit seinem ganzen Gewicht auf ihr lag. Er war noch immer in ihr und strich über ihr weiches Haar.

»Du bist sehr hübsch«, murmelte er.

Eine leichte Röte überzog ihre Wangen. »Du musst das nicht sagen.«

»Aber es ist die Wahrheit. Und du scheinst es auch zu wissen, sonst würdest du nicht so verzweifelt versuchen, es zu verstecken.«

»Es ist leichter so, verstehst du?«, erwiderte sie und spielte verlegen an der Bettdecke herum. »Auf diese Weise bemerkt einen niemand.«

Tja, Pech, dass es nicht funktioniert hatte. »Ich habe dich bemerkt. Ich habe dich schon an meinem ersten Tag bei *MicroDesign* bemerkt.«

Sie schnaubte verächtlich. »Ja, klar. Du musstest mich doch erst beim Cybersex erwischen, bevor ich dir aufgefallen bin.«

»Nein. Dich beim Cybersex zu erwischen hat mir nur bestätigt, was ich länger schon vermutet habe. Dass unter den langweiligen Klamotten eine kluge, lustige und sexy Frau steckt.«

Sie wirkte nicht überzeugt, obwohl ihr Blick wehmütig wurde. »Ich glaube dir nicht.«

»Würdest du mir glauben, wenn ich dir erzähle, dass ich weiß, dass du deinen Kaffee immer aus einer Tasse mit Wildblumenmuster trinkst und dass du in deinem Büro klassische Musik hörst? Dass du jeden Freitag mit Ashley zum Mittagessen gehst und dass du mindestens die Hälfte von Bills Arbeit miterledigst, weil er ein fauler Mistkerl ist?« Seine Stimme klang nun weicher. »Dass du mit den Augen rollst, wenn Mr. Parker wieder irgendetwas Idiotisches sagt, und dass du Judy, als ihr Sohn gestorben war, eine Woche lang das Essen gebracht hast?«

Vielleicht kannte er Kindra sogar besser, als er selbst es für möglich gehalten hätte.

»Oh«, war alles, was ihr dazu einfiel. Die Überraschung stand ihr ins Gesicht geschrieben.

Sie sagte nichts weiter, und das musste sie auch gar nicht. Er wollte, dass seine Worte in ihr Bewusstsein drangen, dass sie verstand, was er meinte. Und so lagen sie eine Weile schweigend nebeneinander.

Als plötzlich das furchtbare Knurren seines Magens die Stille durchbrach, mussten sie beide lachen.

»Tut mir leid, aber du weißt ja, dass ich mein Abendessen im Eiltempo erledigt habe. Mein Magen will mich jetzt daran erinnern.« Zögerlich löste er sich von ihr und zog sich zurück.

Ein letztes Mal strich er über ihren Rücken und streifte dann mit einem zufriedenen Seufzen das Kondom ab. »Wohin damit?«

Kindra setzte sich auf und begann, die hochhackigen Sandalen zu öffnen. »Ins Badezimmer auf der anderen Seite des Flurs. Wie wäre es, wenn ich solange das Essen aufwärme, während du das erledigst?«

»Äh ... aber wir haben die Schachteln doch in meinem Wagen liegen lassen.« Er war einfach zu beschäftigt gewesen, Kindra dazu zu bewegen, möglichst schnell ins Haus hinein- und aus ihren Klamotten hinauszuschlüpfen, so dass er sich über das leicht verderbliche Essen keine Gedanken gemacht hatte. »Ich halte es für keine gute Idee, Rindfleisch zu essen, das zwei Stunden ungekühlt im Auto gelegen hat.«

»Was für eine Verschwendung.« Sie reckte die Arme über den Kopf und schleuderte die Sandalen von ihren Füßen auf den Boden.

Ihre Brüste hoben sich ein wenig, und er bewunderte die grazile Wölbung zwischen ihrem Hals und ihren Schultern. »Oh, das war es absolut wert«, erklärte er im Brustton der Überzeugung.

Auch wenn sein Magen das offensichtlich anders sah und noch einmal lange und laut knurrte.

Sie lachte leise. »Ich kann dir schnell ein Schinkensandwich machen.«

Verdammt, das war so süß. Sie hatte ihm gerade angeboten, ihm etwas zu essen zuzubereiten. Zwar wusste Mack, dass es nur um ein belegtes Brot mit Frühstücksfleisch ging – aber hey, das hieß doch, dass er ihr etwas bedeutete, oder?

»Das musst du nicht tun. Sag mir einfach, wo ich alles finde, und dann kriege ich das schon selbst hin.«

Mit einem Lächeln legte sie ihre Hand auf sein Knie und strich mit den Fingerspitzen leicht darüber. »Red keinen Unsinn. Das mache ich doch gern.«

Ihm kam eine fabelhafte Idee. »Würde es dir etwas ausmachen, wenn du das Sandwich nackt zubereitest?«

Kindra, nackt in der Küche, wie sie sich vorbeugte, um den Schinken aus dem Kühlschrank zu holen, wie sie den Senf auf dem Brot verstrich ... Und wenn sie dazu auch noch ihre High Heels wieder anzog, dann könnte das was ganz, ganz Großes werden.

»Ja, das würde mir allerdings etwas ausmachen!«, entgegnete sie und nahm abrupt ihre Hand von seinem Knie.

Tja, es war immerhin einen Versuch wert gewesen.

Und um auch den letzten Zweifel daran auszuräumen, dass sie es absolut ernst meinte, erhob sie sich, angelte ihren Rock vom Fußboden und schlüpfte hinein.

Bedauernd beobachtete Mack, wie ihre Haut Stück für Stück wieder verdeckt wurde – doch er tröstete sich mit dem Gedanken, dass er ihr nach dem Essen jedes einzelne Kleidungsstück wieder ausziehen konnte.

Fünf Minuten später traf er Kindra in der Küche. In

der Zwischenzeit hatte er seine Pflichten erfüllt und seine Boxershorts wieder angezogen – er weigerte sich, darüber hinaus noch irgendetwas überzuziehen.

Neugierig sah er sich um.

Kindras Haus war klein, aber es war gemütlich und ordentlich. Die Zimmer waren mit bequemen beigefarbenen Möbeln ausgestattet, und die Küche war in einem sanften Gelbton gestrichen. Es war nicht so aufgeputzt und überladen, wie manche Frauen es bevorzugten. Und doch war es so viel persönlicher als sein Apartment mit den kahlen weißen Wänden.

Kindra stellte gerade sein Sandwich auf den Tisch. Ihr Anblick – barfuß, in ihrem zerknitterten Top und ohne BH, das Haar offen und zerzaust – machte ihn sprachlos. Sie sah wunderschön aus mit ihren einladenden Lippen und den Augen, in denen Erschöpfung, aber auch Befriedigung standen. Ein kleines Lächeln umspielte ihre Mundwinkel.

Die Küche wirkte warm und duftete nach getoastetem Brot, und Mack war sich mit einem Mal sicher, dass dies der Ort war, wo er sein wollte. Jeden Tag.

Kindra lächelte Mack zu, als er in die Küche kam. Doch er kratzte sich gedankenverloren an der Brust und runzelte die Stirn. Etwas nervös beobachtete sie ihn.

Vermutlich ist er einfach nur hungrig, weil er das Abendessen praktisch hat ausfallen lassen, schoss es ihr durch den Kopf.

Mack ging am Tisch vorbei und trat an die Hintertür. Er zog das Rollo hoch und blickte in die Dunkelheit hinaus. »Hast du überhaupt einen Garten?«

Das war eigentlich eine ziemlich seltsame Frage, aber Kindra fühlte sich zu gut, um sich darüber den Kopf zu zerbrechen. Nach all den Höhepunkten, die sie mit ihm erlebt hatte, hätte er sie alles fragen können, was ihm in den Sinn kam – zum Beispiel, wie viel Geld sie auf dem Konto oder für wen sie bei den letzten Wahlen gestimmt hatte. Es wäre ihr egal gewesen. Sie betätigte den Lichtschalter, und eine Lampe ging an, die den Hinterhof erhellte.

»Er ist nicht unbedingt groß, aber für mich reicht es. Er ist von einem Holzzaun umgeben, und ich habe vor, um die Terrasse herum ein paar Stauden zu pflanzen.«

Er sah hinaus und nickte anerkennend. »Perfekt für einen Hund.«

Sie lachte. »Du bist derjenige, der sich einen Pudel namens Bitsy wünscht – nicht ich.«

»Das habe ich nie gesagt. Du hast das behauptet.« Mack drehte der Tür den Rücken zu und setzte sich an den Tisch. Auffordernd klopfte er auf den freien Stuhl neben sich.

Sie nahm Platz. »Ja, nun, ich hätte schon gern einen Hund, aber nicht im Augenblick. Nicht allein. Sich ganz ohne Hilfe um ein Haus zu kümmern ist schon Arbeit genug.«

Mack sagte darauf nichts, sondern warf ihr nur mit leicht schräg gelegtem Kopf und einem kleinen Lächeln auf den Lippen einen seltsamen Blick zu.

Warum sah er sie so an?

Plötzlich wurde sie rot.

Oh, mein Gott, glaubte er am Ende, sie machte Anspielungen? Dass sie sich eine Beziehung wünschte?

Lieber würde sie eine Handvoll Maden essen, als ihm den Eindruck zu vermitteln, dass sie jetzt diese Gelegenheit ergreifen und sich an ihn hängen würde wie eine Klette. Obwohl die Vorstellung, sich an ihm festzukrallen, durchaus ihren Reiz hatte und sie auf äußerst anregende Ideen brachte, hatte sie sich doch geschworen, dass sie diese Nacht als das erleben und verstehen würde, was sie war – eine einmalige Angelegenheit.

Sie und Mack spielten nicht in einer Liga.

Er war nur hier, um ihr etwas zu beweisen und völlig unverbindlich ein bisschen Spaß zu haben.

Wenn alles so blieb, wie es gerade zwischen ihnen war, würden sie sich am Montag bei der Arbeit ganz normal begegnen und sich auch noch in die Augen blicken können. Aber wenn er anfing zu glauben, dass sie klammerte, oder wenn sie tatsächlich die Beherrschung verlor und wirklich klammerte, würde es sie beide unweigerlich ins Unglück stürzen. In eine Katastrophe. Ein totales Desaster.

Während er in sein Sandwich biss, wurde Kindra klar, dass all diese Gespräche zwischen ihnen im Grunde genommen unnötig und überflüssig waren. Schließlich war Mack nicht gekommen, um sich zu unterhalten.

Wahrscheinlich hatte er nur aufmerksam sein wollen.

Er war einfach viel zu nett.

Warum konnte er nicht so sein wie die meisten Männer und sich nehmen, was er wollte, sich dann auf die Seite rollen und einschlafen?

Warum musste er ihr süße Dinge sagen, die deutlich machten, dass sie für ihn mehr war als nur eine weitere Kerbe, die er in seinen Bettpfosten schnitzen konnte?

Warum sagte er ihr, dass sie aus einem Becher mit Wildblumenmuster trank oder dass sie hübsch war?

Himmel, wusste er denn nicht, dass eine Frau, die solche Worte hörte, automatisch begann, sich Hoffnungen zu machen?

»Isst du gar nichts?«, fragte er mit vollem Mund.

»Nein, ich bin nicht hungrig.« Tatsächlich war ihr übel.

Sie war Mack nähergekommen – und sie hatte sich Hals über Kopf in ihn verliebt.

Genauer gesagt hatte sie sich bereits vor einem Jahr in Mack verliebt, als er zum ersten Mal durch die Tür von *Micro-Design* getreten war. Doch sie hatte schon damals gewusst, dass sie nicht darauf hoffen konnte, ihm aufzufallen.

Tja, nun war sie ihm aufgefallen. Und sie hatte weitaus mehr auf sich gespürt als nur seine Blicke. Dennoch bemerkte sie, dass ihr kleines dummes Herz sich nach mehr sehnte.

Das musste aufhören. Sie befahl sich, auf der Stelle diese Gedanken abzustellen.

Damit hatte sich die Sache. Eine Nacht. Nicht mehr.

Und mehr würde sie auch nicht bekommen.

Also konnte sie genauso gut die Unterhaltung abbrechen und zurückkehren zu dem Grund, aus dem er hier war.

Sex.

Schlicht und ergreifend.

Der bloße Gedanke daran ließ sie mit einem Schlag wieder in Flammen stehen.

»Das war großartig«, seufzte Mack, während er sich die letzten Krümel vom Mund wischte. »Danke, ich fühle mich echt besser.«

»Gut.« Sie erhob sich. Das Rascheln des Jeansstoffes auf ihrer nackten Haut erinnerte sie daran, dass ihr Höschen noch immer zusammengeknüllt auf dem Boden im Arbeitszimmer lag. Und das war auch gut so. Denn sie hatte nicht die Absicht, wieder in ihre Unterwäsche zu schlüpfen, solange Mack noch bei ihr war.

»Komm her, Mack. Ich möchte dir etwas zeigen.«

Sein zufriedener Gesichtsausdruck wich unverhohlener Neugier.

»Soll das heißen: Komm her und sieh dir die Bilder von meinem letzten Trip nach London an? Oder eher: Komm her, damit wir uns eine weitere schmutzige E-Mail ansehen können?«

Da sie keine Erfahrung darin hatte, jemandem sinnliche Blicke zuzuwerfen, war Kindra sich nicht sicher, ob sie es richtig machte – aber sie tat ihr Bestes. Sie fuhr sich mit den Fingern durchs Haar und säuselte: »Ich war noch nie in London.«

»Verdammt, Kindra.« Er stand so abrupt auf, dass sein Stuhl nach hinten umkippte. »Du bist so sexy.«

Das war zwar bei weitem keine Liebeserklärung – obwohl es sehr viel mehr war, als sie noch am Donnerstag überhaupt für möglich gehalten hatte. Aber es war immerhin etwas. Und sie würde das Kompliment natürlich annehmen. Und ihn gleich dazu.

Darüber hinaus empfand sie die Tatsache, dass er fast keuchte, als überaus befriedigend. Und die Art, wie er mit seinen Händen ihren Po befummelte, während er ihr den Flur entlang folgte, ermutigte sie noch mehr.

Sie konnte das hier schaffen. Sie wollte es.

Als sie an der Tür zum Arbeitszimmer stehen blieb, prallte Mack gegen sie. Sie spürte seine Erektion an ihrem Körper und schmiegte sich an ihn.

Ein tiefes Stöhnen entrang sich seiner Brust.

Wow, das ging alles viel zu schnell.

Sie schob ihn von sich und betrat das Zimmer. »Nur einen Augenblick.«

»Warum?« Mack streckte seine Hände nach ihr aus.

Ein bisschen berauscht von diesem Machtgefühl und ihrer Begierde, entgegnete Kindra: »Setz dich in den Sessel.«

Er hob die Augenbrauen. »Warum?«, wiederholte er.

»Tu es einfach.« Sie deutete auf den Sessel. Ihr Herz pochte wild, als sie erwartungsvoll beobachtete, ob er ihrem Befehl Folge leisten würde.

Gespielt gefügig hob Mack die Hände und schlenderte zum Schreibtischsessel. »Gut, ich werde gehorchen.«

Er ließ sich in den Sessel fallen und spreizte männlich lässig die Beine. Dann legte er seinen Arm über die Rückenlehne und versuchte, locker zu wirken. Doch die mächtige Wölbung in seinen Boxershorts verriet ihn.

Kindra lächelte. Was auch immer sie für Mack empfinden mochte – er schaffte es auf jeden Fall, dass sie sich in seiner Gegenwart unglaublich sexy fühlte. Weiblich. Selbstbewusst.

Kindra machte einen Bogen um den Sessel, damit Mack nicht in Versuchung geriet, sie zu packen oder zu berühren, und ging zum Computer.

Eine kleine Kamera war an den Rechner angeschlossen.

Sie würden sie benutzen. Und zwar jetzt gleich.

Kindra richtete die Kamera auf den Raum aus, und im nächsten Augenblick erschienen der Teppich sowie Mack im Sessel auf dem Computermonitor. Konzentriert nahm sie noch die Feineinstellungen vor, um sicherzugehen, dass Macks ganzer Körper zu sehen war.

Sie hatte vor, sich selbst beim Sex mit Mack zu filmen.

Wenn sie nach dieser Nacht wieder allein war, so konnte sie sich die Aufnahme ansehen. Sie würde sich nach Mack und nach diesen gemeinsamen Stunden zurücksehnen, und sie würde sich selbst beim Zuschauen streicheln.

Es würde in Zukunft keinen Russ mehr geben.

Von jetzt an würde sie Mack haben. Und wenn nicht leibhaftig, so doch wenigstens auf ihrem Computer.

Vollkommen erstarrt saß Mack im Schreibtischsessel. Er machte große Augen, seine Schultern waren angespannt, und er hatte die Kiefer aufeinandergepresst. »Kindra?«

»Ja?« Zwei Schritte, und sie würde zusammen mit ihm auf dem Bildschirm erscheinen.

»Hast du gerade diese Kamera eingeschaltet?«

»Ja.« Sie trat zu ihm, schob die Hände in die Taschen ihres Jeansrockes und zog ihn ein Stückchen herunter, so dass ihr Bauchnabel zu sehen war. »Das macht dir doch nichts aus, oder?«

Die Hand über der Sessellehne zuckte unwillkürlich, und seine Erregung wuchs sichtbar. »Kann ich es mir später mit dir zusammen anschauen?«

Sie spürte, wie sie feucht wurde, heiß und schnell, und der Stoff ihres Rockes strich zwischen ihren nackten Beinen entlang, während die Erregung von jeder Faser ihres Körpers Besitz ergriff. »Ja.«

»Dann macht es mir nichts aus.«

Mit trockenem Mund trat Kindra vor die Kamera und drehte sich, damit sie beide im Profil gefilmt wurden. Nervös fuhr sie sich mit der Zungenspitze über die Lippen. Ihr Atem ging schnell und flach.

Mack schien ihre plötzliche Angst zu spüren. »Zieh dein Top aus«, sagte er leise.

»Okay.« Kindra hob die Arme, wölbte den Rücken und zog das Oberteil über den Kopf. Während sie sich die Haare aus dem Gesicht schob, ließ sie das Top achtlos auf den Boden fallen.

»Berühre deine Nippel.« Er hatte sich wieder zurückgelehnt. Den Mund hatte er leicht geöffnet, und seine Augen wirkten vor Lust fast schwarz. Seine Stimme klang sanft und schmeichelnd.

Mit einem Schlag wurde sich Kindra schmerzhaft der Kamera bewusst. Eigentlich hatte es ihre Show werden sollen. Sie hatte sich vorgenommen, für Mack zu strippen und ihn dann mit einem heißen Lapdance bis zum Äußersten zu treiben, während er im Sessel saß. Aber ganz sicher hatte sie nicht vorgehabt zu tun, was er wollte, und sich selbst zu streicheln.

»Los«, knurrte er. »Ich kann sehen, wie hart und heiß sie sind. Sie warten nur darauf, angefasst zu werden.«

In der Tat waren ihre Brustspitzen hart und heiß. Ihre Nippel waren fest und blühten auf. Und sie sehnte sich danach, dass sie berührt wurden.

Kindra schloss die Augen. Sie konnte es nicht.

Sie spürte, dass Mack ihr näher gekommen war, und schlug die Augen wieder auf. Er war mit dem Sessel zu ihr gerollt und saß nun direkt vor ihr. Verzweifelt, sich nach seinen Händen auf ihrer Haut sehnend, voller Begierde und zu gehemmt, um sich selbst zu streicheln, machte sie einen Schritt nach vorn.

Mack legte seine Hände auf die Innenseiten ihrer Oberschenkel. Ihr Rock wurde hochgeschoben. Mack neigte seinen Kopf. Dann spürte sie, wie er sie leicht spreizte, und packte ihn an den Schultern.

Heißer Atem strich über ihre Lustperle, aber er berührte sie nicht. Das Verlangen brachte sie beinahe um den Verstand.

»Mack, bitte.«

»Ich werde mich darum kümmern, wenn du deine Brüste anfasst«, murmelte er und fuhr mit dem Finger über ihre feuchten Löckchen.

Wenn man es so betrachtete ... Ohne noch länger zu zögern, hob Kindra die Hände und umfasste ihre Brüste, während Mack mit seiner Zunge zwischen ihre Beine glitt und sie leicht reizte. Kindra rang nach Atem.

Sie warf den Kopf in den Nacken und stöhnte leise auf. Er liebkoste sie, schmeckte sie mit einer sachten Berührung, die sie fast verrückt machte und sie dazu brachte, ihre Brustspitzen hungrig zu streicheln.

Plötzlich zog er sich zurück und blickte zu ihr auf.

Sie hielt nicht inne, bewegte weiter die Hände auf ihrem Busen.

»O ja, genau so. Das ist gut, Baby.« Er beugte sich wieder vor und drang mit der Zunge tief in sie ein.

Kindra kam mit einem Schrei. Hätte Mack sie nicht festgehalten, hätten ihre Beine ihr sicher den Dienst versagt. Sie ließ die Hände sinken und atmete zitternd ein.

»Mack ...« Als die Anspannung allmählich einem Gefühl tiefer Befriedigung wich, spürte Kindra, wie ihre Augen brannten. Sie biss sich auf die Unterlippe. Gott, sie würde jetzt nicht wie der letzte Depp anfangen zu weinen, oder?

Lieber hätte sie auf der Stelle eine kugelblanke Glatze bekommen. Schließlich gab es gute Perücken, um diesen Makel zu vertuschen. Aber nichts könnte je die Demütigung erträglicher machen, wenn sie jetzt sentimental wurde und Mack ihre Gefühle gestand.

Er lachte leise und lockerte seinen Griff um ihre Beine. Liebevoll küsste er ihre Schenkel. »Du bist unglaublich«, murmelte er.

Es würde passieren. Sie würde in Tränen ausbrechen. *Mist.* Sie blinzelte ein paarmal und schob Mack zurück in den Sessel. Liebe durchströmte sie, und ihre Emotionen drohten sie zu überwältigen. Wenn sie es ihm schon nicht sagen konnte, so konnte sie es ihm doch wenigstens zeigen.

Und dabei ihr Gesicht vor ihm verbergen.

Kindra ging in die Knie.

Überrascht hob Mack die Augenbrauen.

Er öffnete den Mund, um etwas zu sagen.

Doch Kindra wartete nicht ab. Sie machte sich an seinen schwarzen Boxershorts zu schaffen, holte ihn heraus, beugte sich vor und begann, langsam und lustvoll an ihm zu saugen.

6. Kapitel

Mack starrte an die Decke und gab einen zufriedenen Seufzer von sich.

Verdammt, er fühlte sich gut. So gut wie nie zuvor.

Dass er kaum geschlafen hatte, machte ihm überhaupt nichts aus.

Das war leicht zu verschmerzen – schließlich hatte er dafür die halbe Nacht lang Kindra lieben können.

Sie war unglaublich. Sie gab, war mutig, und doch auch schüchtern. Ihr Verhalten im Bett war ein Spiegelbild der komplexen Persönlichkeit, die sie außerhalb des Schlafzimmers war.

Sie steckte voller Überraschungen.

Mack drehte sich im Gästebett auf die Seite und betrachtete die schlafende Kindra, die neben ihm lag. Ihr kastanienbraunes Haar fiel ihr über das Gesicht. Sie hatte die Decke bis unters Kinn gezogen, und der Mund mit diesen sinnlichen, vollen Lippen war leicht geöffnet, während sie leise ein- und ausatmete.

Mack schmiegte sich an ihren Rücken und strich über ihre zarten Schenkel. Sein Körper reagierte sofort, und in weniger als dreißig Sekunden presste sein harter Schwanz sich gegen ihren Rücken.

Er konnte nicht anders. Kindra tat Dinge mit ihm und weckte Empfindungen in ihm, die er vorher nicht gekannt hatte.

Wenn sie aufwachte, würde er ihr sagen, dass er sich in sie verliebt hatte.

Aber wie hieß es doch so schön? Was du heute kannst besorgen, das verschiebe nicht auf morgen. Und er wusste auch schon, wie er sie wecken konnte …

Er hauchte einen Kuss auf ihre Schulter, schlang seinen Arm um sie, drang mit einem Finger in sie und zog ihn dann vorsichtig wieder heraus. Behutsam streichelte er ihre Lustperle.

Er fühlte, wie sie feucht wurde.

Verwirrt schlug Kindra die Augen auf.

»Mack«, murmelte sie mit schlaftrunkener Stimme. »Es ist zu früh.«

»Und warum bist du dann so erregt?« Er knabberte sanft an ihrem Ohrläppchen.

Schon presste sie ihren Körper gegen seine Hand, und ihr Atem ging schneller.

»Bin ich ja gar nicht«, entgegnete sie. »Ich schlafe noch.«

»Dann hast du offensichtlich einen sehr schönen Traum.«

Kindra krallte ihre Hände ins Laken, während sie sich immer heftiger bewegte.

Mack nahm einen zweiten Finger hinzu und brachte sie damit vollends um den Verstand.

Kindra bäumte sich auf, erschauerte und ließ sich schließlich befriedigt zurück in die Kissen sinken.

»Hmmm.«

»Ich dachte gerade dasselbe.« Er küsste ihre Wange und zog seine Hand zurück.

»Also, was hast du heute vor?« Er stellte sich vor, den

halben Tag zu kuscheln, sich dann irgendwo etwas zum Mittagessen zu holen und vielleicht einen Film auszuleihen und anschließend gemeinsam zu duschen. Kurz würde er bei seinem Apartment haltmachen, um frische Kleidung und seine Zahnbürste zu holen, und würde danach so schnell wie möglich wieder zu Kindra zurückkehren, um eine weitere Nacht mit ihr zu verbringen.

Und am nächsten Tag würden sie zusammen zur Arbeit fahren.

Kindra versteifte sich. »Heute? Oh, ich muss ... etwas erledigen.«

»Was denn?« Ihm gefiel der Unterton in ihrer Stimme nicht. »Ich könnte dir doch vielleicht dabei helfen.«

»Nein, nein.« Sie rutschte von ihm ab, setzte sich auf und zog die Decke fest um ihre Schultern. »Das ist Mädchenkram.«

Verwirrt und mit einer bösen Vorahnung entgegnete Mack: »Was für Mädchenkram? So etwas wie Tampons kaufen? Das macht mir nichts aus.«

Nun, eigentlich machte es ihm schon etwas aus, aber wenn es bedeutete, dass er den Tag mit Kindra verbringen konnte, dann nahm er das gerne in Kauf.

Sie wandte sich zu ihm um. »Mack ...«

Die schlimme Vorahnung war nicht länger eine bloße Vorahnung – er fühlte sie unweigerlich bestätigt. Er wusste einfach, dass nun ein »Es tut mir leid!« folgen würde.

»Hör mal, es tut mir leid, aber ich denke nicht, dass es eine gute Idee wäre, wenn wir uns weiterhin sehen.«

»Was?« Abrupt setzte er sich auf. Wovon, zur Hölle, sprach sie überhaupt? Er hatte doch gerade erst für sich beschlossen, dass sie perfekt füreinander waren. Sie konnte nicht ernsthaft meinen, dass ihr One-Night-Stand tatsächlich nur ein One-Night-Stand war.

»Das alles war phantastisch … ehrlich, eine unglaubliche Nacht – aber mehr war es nicht. Und das weißt du auch.«

Nein, das wusste er nicht. Gott, er fühlte sich so billig, so benutzt. Bestürzt starrte er sie an.

Sie schenkte ihm ein kleines, freundliches Lächeln und presste die Bettdecke an ihre Brust. »Deine zwölf Stunden sind vorüber.«

Mack schluckte. Sie schlug ihn mit seinen eigenen Waffen. Er kämpfte um Fassung, obwohl seine Brust sich anfühlte, als hätte jemand seine Faust hineingerammt und ihm das Herz herausgerissen.

Er hatte wirklich geglaubt, da wäre mehr zwischen ihnen. Dass Kindra ihn manchmal sogar zärtlich angeschaut hatte. Dass das, was sie gemeinsam erlebt hatten, viel mehr war als nur Sex. Sie waren intim gewesen, vertraut.

Offensichtlich hatte er mit seiner Einschätzung komplett falschgelegen.

»Möchtest du frühstücken, bevor du gehst?«

Ihr Rücken war entblößt, als sie ihm über die Schulter einen Blick zuwarf. Ihre helle Haut war so verlockend, reizte ihn und verspottete ihn zugleich. Ihre Schönheit brachte ihn fast um den Verstand.

Aber er wollte verdammt sein, wenn er jetzt vor ihr kriechen oder gar in Tränen ausbrechen würde. Irgendwie würde er diese Situation überstehen und sich einen Rest Würde bewahren.

»Nein danke.« Als ob er in der Küche sitzen und ein paar verfluchte Eier essen würde, während sie sich nichts mehr wünschte, als dass er endlich verschwand!

»Habe ich dir meinen Standpunkt denn deutlich machen können?«, fragte er mit rauher Stimme.

Ihre pinkfarbene Zungenspitze kam hervor, und sie leckte sich über die Lippen. »O ja, das hast du. Das hier war viel, viel besser als Cybersex.«

Na, immerhin etwas.

Nicht das, was er sich wünschte, aber immerhin. Und er konnte sich mit der Tatsache trösten, dass er ihr wenigstens nicht überstürzt seine Gefühle offenbart hatte. So fühlte er sich nicht unnötig gedemütigt, wenn sie ihn nun freundlich seinem Schicksal überließ.

Er würde ihr auch nicht hinterherjagen wie ein Hund einer läufigen Hündin – selbst wenn ihr Anblick schon ausreichte, um ihn zum Hecheln zu bringen.

»Gut«, entgegnete er nun und presste die Kiefer aufeinander. »Sag dem Typ, er soll sich ein paar neue Dinge einfallen lassen. Dann hast du in Zukunft wenigstens ein bisschen mehr Spaß dabei.«

Damit erhob er sich aus dem Bett und verschwand im Badezimmer, ohne auf Kindras Erwiderung zu warten. Das Bild von Kindra, die vor ihrem Computer im Sessel saß und sich unanständige Dinge von diesem schmierigen Typ einflüstern ließ, machte ihn wütend. Heiß vor Zorn und krank vor Eifersucht.

Wenn er sie nicht haben konnte, dann sollte sie verdammt noch mal auch niemand anders haben – vor allem kein Cyber-Romeo, der Sex nicht von Sushi unterscheiden konnte.

Mack schloss die Badezimmertür hinter sich.

Er hatte es ihr eindrucksvoll bewiesen. Bewiesen, was für ein Idiot er war.

Kindra saß zu Hause in ihrem Arbeitszimmer und starrte auf ihr E-Mail-Postfach. Ein halbes Dutzend Mails von Russ leuchteten dort auf. Betreffzeilen wie »Wo bist du?«, »Vermisse dich!« oder »Bin geil!« sprangen ihr förmlich entgegen.

Sie hatte bisher noch keine der Nachrichten gelesen.

Daran teilzuhaben, wie Russ über schrittoffene Slips schrieb, hatte mit einem Mal denselben Reiz, wie sich zum Beispiel die Schamhaare zu färben. Gute zehn Minuten, die man sinnlos verplemperte.

Das hatte sie nicht gewollt. Sie hatte Mack am Morgen fortgeschickt, entschlossen, ihr Herz um jeden Preis vor Verletzungen zu schützen.

Doch zu beobachten, wie er gegangen war, starr und schroff, war das Härteste gewesen, was sie jemals hatte tun müssen – wenn man einmal vom Hürdenlauf im Sportunterricht an der Highschool absah.

Aber jetzt musste sie ihr Leben wiederaufnehmen.

Zur Arbeit gehen. Langweilige Klamotten tragen. Mit Russ chatten. Nie mehr guten Sex haben.

Liebe Güte, das klang wirklich verlockend ...

Ohne nachzudenken lenkte sie den Zeiger der Maus durch das Computermenü. Sie rief das Video auf, das sie in der Nacht zuvor aufgenommen hatte. Dreißig Sekunden später tauchten sie und Mack auf dem Bildschirm auf.

Seine Stimme klang leise, gebieterisch. Kindra beobachtete sich selbst, wie sie den Kopf zurückwarf, die Augen fast geschlossen, atemlos. Sie streichelte ihre Brustspitzen.

Mack spreizte ihre Beine.

Kindra begann, vor dem Computer zusammen mit ihrem aufgezeichneten Ich aufzukeuchen.

Oh, Mack. Was, zum Teufel, hatte sie getan?

Was war schon dabei, wenn er keine Beziehung mit ihr wollte? Sie hätte wenigstens weiterhin *das hier* mit ihm machen können.

Bis er genug von ihr gehabt hätte.

Was am Ende noch viel schlimmer für sie gewesen wäre.

Nein, sie hatte die richtige Entscheidung getroffen.

Mack tauchte auf dem Monitor gerade seine Zunge in sie.

In dem Moment ging die Türklingel.

Kindra sprang auf und schaltete den Computerbildschirm aus.

Vielleicht war es Mack, der sie möglicherweise dazu bringen wollte, ihre Meinung zu ändern. Oder vielleicht hatte er auch einfach nur seine Socken vergessen oder so etwas.

Sie warf einen Blick durchs Wohnzimmerfenster, während sie zur Tür ging.

Vielleicht waren es aber auch ihre Freundinnen. *Mist.*

Zögerlich öffnete sie die Tür.

Ashley musterte sie von oben bis unten und stöhnte auf. »Oh, Kindra, du trägst schon wieder deine Jogginghose.«

»Na und?« Jogginghosen waren die perfekten »Es-ist-Sonntag-und-mein-Leben-ist-vorbei«-Hosen.

Trish ging an ihr vorbei ins Haus. »Ist er noch hier? Wie war es? Du hast doch mit ihm geschlafen, oder?«

Kindra hatte keine Lust, ihren Freundinnen die Details ihrer Nacht mit Mack aufzutischen. »Nein, er ist nicht mehr da.«

Ashley ließ sich auf die Couch fallen. Die riesigen Creolen, die an ihren Ohren baumelten, reichten bis hinunter auf ihren lindgrünen Pullover. »Aber er war doch hier, nicht wahr?«

»Ja, wir sind zusammen essen gegangen und anschließend zu mir nach Hause gefahren.« Kindra vergrub die Hände in den Hosentaschen und ging rastlos im Zimmer auf und ab. Sie spürte, wie ihr Kopf zu schmerzen begann. Diesmal waren es echte Kopfschmerzen, nicht die Migräne, die sie Russ vorgetäuscht hatte.

»Also, zieh dich um und dann erzähl uns alles über die Nacht«, drängte Ashley sie.

»Warum sollte ich mich dazu umziehen?«

»Weil wir ins Kino wollen, erinnerst du dich?«, entgegnete Ashley. »Hast du das vergessen?«

»Ja.«

»Muss ja eine unglaubliche Nacht gewesen sein.« Trish lachte. »Einzelheiten, meine Liebe, wir wollen alle schmutzigen Details.«

»Geht es dir gut, Kindra?«, fragte Violet und schob mit einem Finger die Brille auf ihrer Nase ein Stückchen höher. »Du siehst so aus, als würde irgendetwas nicht stimmen.«

Es stimmte so ziemlich gar nichts. Kindra hielt inne und schob sich die Haare aus den Augen. »Mir geht es nicht gut. Ich habe mich in Mack verliebt!«

Violet riss die Augen auf.

Trish rang nach Luft.

Ashley stöhnte. »Oh, Kindra, wie konntest du nur?«

»Das war doch keine Absicht!« Als wäre sie mit dem Vorhaben losgegangen, sich selbst unglücklich zu machen, indem sie sich in den unerreichbaren Inbegriff eines Mannes verliebte!

»Na, das muss wirklich guter Sex gewesen sein«, bemerkte Trish.

»Das war es.« Mehr als gut. Es war berauschender,

bewusstseinsverändernder, die Erde erschütternder, großartiger Sex gewesen. Sie seufzte.

»Aber es war mehr als nur guter Sex. Es war ... innig.« Wieder entrang sich ihr ein Seufzer. »Und nachdem ich jetzt die Katze aus dem Sack gelassen habe, fürchte ich, kann ich es nicht mehr rückgängig machen.«

»Was meinst du damit?«, fragte Violet.

Sie war sich selbst nicht sicher. Sie wusste nur, dass sie von nun an nicht mehr dieselbe Kindra, das Mauerblümchen, sein konnte. Sie hatte sich verändert. Mack hatte Seiten an ihr zum Vorschein gebracht, von denen sie gar nicht mehr gewusst hatte, dass sie noch in ihr steckten.

»Ich kann Mack vielleicht nicht haben, aber ich habe es satt, mich bei der Arbeit ausnutzen zu lassen. Ab jetzt werde ich für mich selbst eintreten und versuchen, etwas mehr Spannung in mein Leben zu bringen.«

Ashley horchte auf. »Heißt das auch, dass du dir hübschere Klamotten zulegst?«, fragte sie hoffnungsvoll.

»Kannst du nicht mal aufhören, auf meinem Kleidungsstil herumzureiten?«, entgegnete Kindra verzweifelt. »Aber ja, das heißt auch, dass ich mich in Zukunft anders kleiden werde.«

»Cool.« Trish setzte ihren Rucksack wieder auf. »Lass uns das Kino ausfallen lassen und stattdessen shoppen gehen.«

Ashley erhob sich und umarmte Kindra. »Hey, es tut mir leid, dass es mit Mack nicht so gelaufen ist, wie du es dir erhofft hattest. Aber man weiß ja nie ... Vielleicht empfindet er für dich ja genauso wie du für ihn.«

Klar. Und Mack Stone würde sich einen Pudel namens Bitsy anschaffen. Ja, genau.

Mack spülte gerade seine dritte Tasse Kaffee innerhalb der vergangenen Stunde hinunter und funkelte seinen Kollegen Jim an. Himmel, Jim war echt nervig. Zugegebenermaßen empfand Mack an diesem Morgen alle Menschen als nervig.

Nach einem furchtbaren Sonntagnachmittag, den er damit verbracht hatte, sich in Selbstmitleid zu suhlen, hatte er eine schlaflose Nacht gehabt. Als er am Montagmorgen aufgewacht war, hatten sich zu seinem gebrochenen Herzen außerdem noch Kopfschmerzen gesellt.

Zu allem Überfluss war Kindra an diesem Morgen zur Arbeit gekommen und hatte ausgesprochen fröhlich und sinnlich, selbstbewusst und glücklich gewirkt …

Zum allerersten Mal trug sie ihr Haar bei der Arbeit offen. Die weichen kastanienbraunen Haare fielen ihr über die Schultern, und sie hatte ein dezentes Make-up aufgelegt, das ihre grünen Augen und ihre hohen Wangenknochen phantastisch betonte.

Statt wie üblich schwarz, war das Kostüm, das sie an diesem Tag trug, braun. Es war ein warmes Schokoladenbraun, das ihre Haut förmlich strahlen ließ. Der Schnitt war feminin und enger und kürzer als alles andere, was er bisher an Kindra gesehen hatte.

Sie sah einfach fabelhaft aus. Hinreißend. Zum Anbeißen.

Und er war nicht der Einzige, dem diese Veränderung aufgefallen war. Die Hälfte der Belegschaft belauerte sie. Die männliche Hälfte.

Mack stand nun an Jims Schreibtisch und wünschte sich, Jim würde endlich einmal seinen Donut aus der Hand legen, damit sie das Problem lösen konnten, an dem sie fieberhaft arbeiteten. Helles Lachen erklang. Mack biss die Zähne zusammen und wandte sich um.

Es war Kindra, die an den Empfangsschalter gelehnt stand und von drei Typen umringt war.

Mack strich sich über die Stirn. Als Kindra *ihm* heute Morgen begegnet war, hatte sie nicht mehr als ein kühles Hallo für ihn übrig gehabt.

Er hatte sie nackt gesehen. Er war in ihr gewesen.

Doch diesen Waschlappen schenkte sie ihre volle Aufmerksamkeit, ihre Wärme und ihr Lachen.

Und Kindra hatte ein phantastisches Lachen.

»Verdammt«, murmelte Jim mit vollem Mund. »Heute Morgen ist Kindra irgendwie anders. Vielleicht hatte sie am Wochenende endlich mal ein bisschen Spaß.« Er lachte schnaubend.

Mack drehte sich abrupt um und funkelte Jim zornig an. »Hüte deine verdammte Zunge.«

Jim hörte auf zu lachen. »Was ist denn los mit dir?« Dann hob er die Augenbrauen. »Oh, ich verstehe. Kindra war dieses Wochenende mit *dir* zusammen, habe ich recht?«

Mack antwortete ihm nicht, sondern wandte sich nur wieder zu Kindra um und beobachtete sie und ihr Gefolge.

»Ich habe dich noch nie so verärgert erlebt. Ist der großartige Mack Stone am Ende doch noch einer Frau verfallen?«

Das konnte man wohl sagen.

Ohne nachzudenken ging Mack zu Kindra und unterbrach das Gespräch zwischen ihr und den drei Kerlen, indem er sich schroff an Bob aus der Buchhaltung vorbeidrängte.

»Ich muss mit dir reden«, knurrte er.

Kindra wurde rot. Sie blickte gehetzt hin und her und war mit einem Mal sichtlich angespannt. »Ich habe zu tun.«

»Das ist mir egal.«

Kindra funkelte ihn an, hob ihr Kinn leicht an und ging davon. Ihr Haar wippte.

Vollkommen verdattert blieb Mack zurück. Sie hatte ihn einfach stehenlassen.

Irgendjemand legte plötzlich eine Hand auf seinen Arm. Er blickte Ashley an, die ihn mit sich zog.

»Was?«, fragte er und versuchte, sich von ihr zu lösen und seinen Arm wegzuziehen.

»Kleiner Hinweis, Mack«, flüsterte sie, während sie sich von den anderen entfernten. »Du kannst Kindra nicht furchtbar in Verlegenheit bringen, indem du dich wie ein Idiot aufführst, und dann von ihr erwarten, dass sie dir zuhört.«

Sie deutete mit dem Finger auf ihn. »Und jetzt hörst du mir mal zu. Was empfindest du für Kindra?«

Tiefe Liebe. Unsicher zupfte er an seiner Krawatte. »Das geht dich nichts an.«

»Liebst du sie?«

Er konnte nicht ja sagen, aber er konnte es auch nicht leugnen. Gequält blickte er Ashley an.

Sie nickte zufrieden. »Gut. Sie liebt dich nämlich auch, weißt du? Aber sie glaubt, du wärst nur auf den Sex aus gewesen.«

»Das habe ich nie gesagt!«

»Du hast aber auch nie das Gegenteil behauptet«, klärte Fräulein Neunmalklug ihn auf.

Angespannt fuhr Mack sich mit den Fingern durchs Haar. War das möglich? Liebte Kindra ihn tatsächlich? Hoffnung stieg in ihm auf.

Doch was, wenn sie ihn nicht liebte?

»Denkst du, dass ich ihr sagen sollte, was ich für sie empfinde?«

»Nein, ich denke, es wäre besser, wenn ihr beide für den Rest eures Lebens einsam und unglücklich bleibt, weil ihr so dumm wart.« Sie rollte mit den Augen. »Ja, natürlich sollst du ihr sagen, was du fühlst!«

Mack bemerkte Ashleys beißenden Sarkasmus nicht, denn er dachte fieberhaft nach.

Falls Ashley, was Kindras Gefühle für ihn betraf, doch falschlag, würde er sich wohl kaum schlechter fühlen können, als er es ohnehin schon tat.

Und wenn sie recht hatte …

Oh, Mann. Das wäre das größte Glück.

Plötzlich hatte Mack eine Idee. Er beugte sich vor und drückte Ashleys Schultern. »Vielen Dank, Ashley. Ich schulde dir was.«

Dann wandte er sich um und stürzte in Richtung seines Büros davon. Er versicherte sich selbst, dass Kindra all die Demütigung wert wäre, die er erleiden würde, falls seine Idee nicht funktionierte.

Eine Stunde später stand Kindra noch immer unter Schock.

Was war bloß in Mack gefahren?

Hatte sie sein männliches Ego verletzt, weil sie ihm gesagt hatte, dass eine Nacht mit ihm genug war?

Gedankenverloren rieb sie sich die Schläfen und spuckte eine Haarsträhne aus dem Mund. Das Haar offen zu tragen hatte einen symbolischen Charakter gehabt – aber mittlerweile ging es ihr nur noch auf die Nerven. Unentwegt musste sie Strähnen zur Seite pusten und Haare hinters Ohr schieben, damit sie ihr nicht ins Gesicht hingen.

Die Buchstaben auf dem Computermonitor verschwammen vor ihren Augen.

Seit sie Mack stehen gelassen hatte, verschanzte sie sich in ihrem Büro. Und sie konnte sich auf nichts konzentrieren.

Schon seit mehr als dreißig Minuten starrte sie auf dasselbe Angebot. Die Wörter schienen auf dem Bildschirm Tango miteinander zu tanzen.

Frustriert prüfte sie erst einmal ihr E-Mails. Alles, um sich abzulenken. Möglicherweise hatte sie inzwischen eine weitere flehentliche Nachricht von Russ erhalten, in der er sie bat, ihre Beziehung nicht abzubrechen.

Genau dies waren seine Worte gewesen, nachdem sie ihm in der Nacht zuvor noch eine E-Mail geschickt hatte, um ihm mitzuteilen, dass sie nicht länger an ihm interessiert war. Als sie das Wort »Beziehung« gelesen hatte, hatte sie bitter aufgelacht.

In einem Chatroom über Sex zu reden entsprach nicht gerade ihrer Vorstellung von einer Beziehung.

Und auch eine einzige Nacht zusammen erfüllte die Kriterien eigentlich nicht.

Sie stöhnte leise auf. Das hier lenkte sie nicht im Geringsten von ihren Gedanken an Mack ab.

Sie war das reinste Katastrophengebiet. *Hurricane Kindra.*

Als ihr Blick nun auf ihre neuen Nachrichten fiel, erstarrte sie. Eine davon stammte von Mack Stone.

»O nein.«

Wenn er ihr eine unanständige E-Mail schickte, würde sie nicht widerstehen können.

Ein Auge geschlossen und die Hand über das andere gelegt, klickte sie mit der Maus die E-Mail an, um sie zu öffnen. Dann spreizte sie ganz leicht die Finger und hielt den Atem an.

Die Nachricht war kurz.

Heirate mich!

Kindra ließ die Hände sinken und hielt sich an ihrem Schreibtisch fest. »Oh, mein Gott, oh, mein Gott.«

War das ein schlechter Scherz von Mack oder von Russ oder von irgendeinem Witzbold aus dem Büro? Die wenigen Worte der Nachricht zerflossen mit einem Mal förmlich vor ihren Augen.

Ihr Magen grummelte, als hätte sie schlechte Calamares gegessen.

In dem Moment wurde die Tür zu ihrem Büro geöffnet.

Verzweifelt scrollte sie herunter, bis ihr Bildschirm leer war. Sie blickte nicht auf und hoffte einfach nur, dass es Ashley war. »Ja?«, fragte sie betont fröhlich.

»Wuff!«

Was, zum Teufel, war das? Ihr Kopf schoss hoch. Sie wandte sich um und blinzelte ein paarmal.

Jetzt hatte sie alles gesehen. Wirklich.

Mack stand in der Tür, und ein flauschiger weißer Pudel schaute aus seinem Rucksack hervor.

»Was tust du da?«, stieß sie hervor.

»Ich hoffe inständig, dass ich mich nicht komplett zum Idioten mache.«

Sie schwieg.

Kindra drehte sich wieder zum Bildschirm. Ihr Herz pochte unnatürlich schnell. Wenn sie jetzt ohnmächtig wurde, konnte sie nur hoffen, dass Mack so geistesgegenwärtig wäre, den Notarzt zu rufen. »Hast du mir vorhin eine Nachricht geschickt?«

»Wenn die Nachricht lautete: *Heirate mich!,* dann ja.«

Das war's. Mit ihrer Fassung war es endgültig vorbei. Tränen rannen ihr über die Wangen, und sie musste sich mühsam zusammenreißen, um nicht laut loszuheulen. »Warum?«

»Kindra.« Er machte einen Schritt auf sie zu. »Weil ich dich liebe.«

Abrupt wandte sie sich um. »Nein, das tust du nicht.« Warum hatte sie das nur gesagt? Hatte sie denn gar nichts gelernt? Wenn der Mann ihrer Träume sie bat, ihn zu heiraten, und ihr gestand, dass er sie liebte, hatte sie gefälligst zu nicken und ihre Fragen auf später zu verschieben.

»Doch, das tue ich.« Der flauschige kleine Hund legte seine Pfoten auf Macks Schultern und hechelte. »Komm schon. Ich habe einen verdammten Hund in meinem Rucksack. Mit pinkfarbenen Schleifchen im Fell. Sagt dir das denn gar nichts?«

Das sagte ihr sogar eine ganze Menge. Es sagte ihr, dass Mack sie wirklich liebte. Die pinkfarbenen Schleifchen bewiesen es. Und plötzlich musste sie trotz der Tränen in ihren Augen lachen. »Ich liebe dich auch.«

»Puh.« Er grinste. »Du hast mir einen ganz schönen Schrecken eingejagt. Soll das heißen, dass du mich heiraten wirst? Dass wir zusammen in deinem Haus wohnen und Bitsy gemeinsam aufziehen werden?«

»Ja.« Über den Namen für den Hund würden sie natürlich noch einmal ernsthaft sprechen müssen.

Kindra stand auf und ging zu Mack. Sie ließ sich direkt in seine Arme sinken. Genau dorthin gehörte sie.

Der Kuss, den er ihr gab, war lang und leidenschaftlich. Ihre Lippen öffneten sich, und sie streichelten sich zärtlich. Seine heiße Zunge erkundete ihren Mund.

»Oh, Baby«, stöhnte er.

Oh, Baby – das stimmte. Kindra schmiegte sich an seine starke Brust und zog sacht an seinem roten Schlips. Krawatten standen ihm so gut – sie liebte es, wie er darin wirkte.

Mack deutete auf ihren Computer. »Du musst deinem Cyber-Romeo noch mitteilen, dass er verschwinden soll. Dann ändern wir deine E-Mail-Adresse. Zum Beispiel in IchgehoerezuMack@hotmail.com.«

Sie lachte. »Das habe ich bereits erledigt. Gestern. Ich meine, ich habe Russ gesagt, dass er verschwinden soll … Meine Adresse habe ich noch nicht geändert.«

Seine Augen leuchteten. »Ich denke, wir sollten den Hund nach Hause bringen, bevor er auf meinem Rücken noch einen kleinen Unfall hat.«

»Oh, gute Idee.« Kindra hatte sich schon lange einmal eine ausgedehnte, gemütliche Mittagspause verdient, denn in den vergangenen vier Jahren bei *MicroDesign* hatte sie sich nie die Zeit dazu genommen.

Sie fühlte sich fabelhaft und mutig und ließ ihre Hand über seine Taille nach unten gleiten. Sie drückte ihn leicht und bemerkte mit einem zufriedenen Grinsen, dass seine Erregung wuchs.

»Hast du Lust auf ein Schäferstündchen in der Mittagspause?«, presste er mit rauher Stimme hervor.

Ja, bitte.

»Sicher. Ich hole nur schnell meine Tasche.« Kindra streichelte dem Hund über den Kopf, der über Macks Schulter ragte, und sagte: »Sie ist wirklich süß.«

Bitsy bellte.

Mack rückte den Rucksack zurecht. »Weißt du, bis jetzt habe ich das kleine Video, das wir gedreht haben, noch gar nicht gesehen. Vielleicht könnten wir das als Erstes machen. Hast du es gespeichert?«

»Es ist auf meiner Festplatte.« Aber Kindra hatte eine viel bessere Idee.

Aufreizend strich sie zwischen seinen Beinen über seine Hose und flüsterte ihm ins Ohr: »Lass uns doch stattdessen ein neues machen.«

Mack beobachtete, wie Kindra zur Tür ging. Ihr süßer kleiner Hintern wackelte verführerisch, während sie ihm über die Schulter einen Blick zuwarf, der ihm sagen sollte: »Komm und hol ihn dir.«

Verdammt, er war ein echter Glückspilz.

Er folgte ihr – beinahe genauso hechelnd wie Bitsy. »Baby, dann lass uns mal deine Festplatte zum Schmelzen bringen.«

Vicky Flame

Abgründe der Leidenschaft

Ein erotischer Roman

Carla trifft eine alte Schulfreundin wieder, die ihr ein unglaubliches Angebot macht: Sie soll ihre Partnerin als hochdotiertes Callgirl werden. Zunächst geschockt, dann neugierig, nimmt Carla an – und betritt eine Welt der puren Lust und ungeahnten Leidenschaft ...

Knaur Taschenbuch Verlag

Mariah Greene

Stadt der Lüste

Ein erotischer Roman

Emma Fox hat zwei Leidenschaften: viel Geld verdienen – und attraktive Männer im Bett um den Verstand bringen. Allerdings wird das nach einigen Jahren auch ein bisschen langweilig. Es ist also an der Zeit, den einen Traumtypen zu finden, der nicht nur zwischen seidigen Laken, in freier Natur und auf dem ein oder anderen Tisch seinen Mann steht, sondern auch ihr Herz erobern kann.

Gerne schicken wir Ihnen unser
erotisches Gesamtverzeichnis –
schicken Sie einfach eine E-Mail mit dem Stichwort »LUST«
an: leidenschaft@droemer-knaur.de

KNAUR TASCHENBUCH VERLAG

Fiona Mitchell

Feuerwellen

Ein erotischer Roman

Phoebe ist Geschäftsführerin einer Berliner Galerie und lebt ihr Singleleben in erotischer Hinsicht voll aus. Als sie Dariuz, einem jungen Künstler, begegnet, erkennt sie sofort sein Talent – und Dariuz ihren Hunger nach Sex. Sie werden ein gutes Team, in der Galerie genauso wie im Bett. Bis Phoebes größter Konkurrent Falk versucht, ihren Shootingstar abzuwerben. Phoebe ist jedes Mittel recht, um Dariuz zu halten – was Falk schamlos ausnutzt …

Knaur Taschenbuch Verlag

Cate Noble / E. C. Sheedy / Shannon McKenna

Lust und Gefahr

Erotische Phantasien

Seit Jahren ist Robin in den sexy Detective Jon verliebt. Doch da sie die Schwester seines besten Freundes ist, war sie für ihn tabu – bis sie ihm nun in eine einsame Jagdhütte folgt. Beide ahnen nicht, dass auch ein Killer es auf Jon abgesehen hat ...

Knaur Taschenbuch Verlag